燕明
萬華国の皇帝。月英のことを見守り、後押ししてくれる。
月英に対し庇護欲以上の情を抱いているが、まったく伝わっていない。
月英
下民だったが、香りを使うふしぎな術の腕を見込まれ宮廷医官になった少女。
男装して性別を隠していたが、弟子の万里にばれてしまい……。
碧玉の男装香療師は、
ふしぎな癒やし術で
宮廷医官になりました。
三

「だ、騙したな!?
野生の桃饅頭だって思わせて罠だなんて!
ひきょうもの!」
「残念。もう逃がさねえからな」
月英が女だと知ってしまった
万里の反応は……!?

碧玉の男装香療師は、
ふしぎな癒やし術で宮廷医官になりました。

三

巻村 螢
Illust こずみっく

口絵・本文イラスト
こずみっく

装丁
モンマ蚕＋吉田有里（ムシカゴグラフィクス）

目次

Contents

【序章】 004

【第一章・移香茶を広めよう！】 025

【第二章・月英、奔走する】 070

【第三章・それぞれの存在理由】 116

【第四章・巻き込んでいく】 165

【終章】 223

【特別編Ⅰ・李刑部尚書からの挑戦状】 267

【特別編Ⅱ・月英ふぁんくらぶ、結成！　即、解散！】 276

【特別編Ⅲ・遠地で君に謳う】 295

あとがき 302

【序章】

「なにっ！　あいつが女だっただと⁉」

「しかも、陛下も知っていたですって⁉」

「ありえないね。僕達を騙《だま》してただなんて」

医官達から向けられる目は、出会った頃のものよりも遙かに冷たい。

「ち、違……っ」

やめてよ。

そんな目で見ないで。

違うんだって。

「女人の身で我々を欺いて働いていたとはけしからん！　牢塔《ろうとう》にて裁きを待て！」

御史台《ぎょしだい》の官服を着た者達に両脇から腕を掴《つか》まれ、ずるずると引きずられていく。

「待って！　僕の話を聞いてよ！」

しかし、誰も耳どころか目すら向けてくれない。

そのまま月英《げつえい》は牢塔へと放り込まれた。

そして時を同じくして、女の身であると知っても宮中で働かせ続けた燕明《えんめい》も罪に問われ、朝廷官達によって投獄されてしまった。

するると、燕明がいなくなったことで、異国融和策に内心では反対していた者達が次々に声を上げ始める。その声はだんだんと大きくなり、朝廷官達は開国の断念を取り決めた。

結果、異国融和策の象徴である亞妃《あひ》は後宮より北の白国《ツアスト》へ突き返され、その亞妃へのぞんざいな扱いに激怒した大干《ダルグ》が、全部族を率いて萬華国《ばんかこく》に攻め入り、萬華国は戦火に包まれ民は逃げ惑い国は阿鼻叫喚《あびきょうかん》の地獄絵図で――。


「――ぼぼぼぼ僕のせいで萬華国が滅んじゃう‼」

月英がガバッと勢いよく上体を起こせば、目に入ってきた景色は牢塔の薄暗い石壁でもなく、阿鼻叫喚の地獄絵図でもなく、毎日見ている自分の家のひびが入った土壁だった。

「あ……なんだ夢か」

額を手で拭《ぬぐ》うと、汗で濡《ぬ》れていた。

「あははは、僕ってばなんて馬鹿な夢見てんだろ。ありえないってば」

しかし、ほっと安心したのも束の間。

「……いや…………いやいやいやいや」

この夢が正夢になる可能性があることを思い出す。

拭ったばかりの額が再び、じわりと湿り気を帯び始める。

「――っどうしよう！　絶対ばれたよね⁉　絶対気づいてるよねアレ！　昨日の万里《ばんり》のあの叫びは
そういう意味でしょ⁉」

胸を触られた。しっかりと。

油断してさらしを緩めていた胸を。

それで叫ばれたし、こちらも叫んだ。

そのまま月英は逃げるようにして家へと帰ってきたのだが。

「あああああああああ！　きっと今日には衛兵が僕を捕まえにくるんだ！　国家なんたら罪《ざい》と
かで僕は死刑になるんだ‼」

しかし――。

身を隠すように掛布をバサッと被り、丸まった月英。

月英はその日、ずっと丸くなって震えながら一日を過ごした。

翌日、藩季《はんき》からもらった干し棗《なつめ》で飢えをしのぎながら過ごす。

しかし――。

「……来ない」

もしかしたら家が分からないのかもしれない。

下民区は路地などあってないようなもので複雑だ。

今、様子見で外に出るのは危険である。

もう一日待ってみた。

しかし――。

「……やっぱり来ない」

もう三日目だ。

万里が当日ではなく翌日に御史台に駆け込んでいても、そろそろ何かしらの音沙汰《おとさた》くらいはあって良いはずなのに。

「あれ？」

のそのそと掛布の中から這《は》い出て正座する月英。その首は傾いている。

「もしかしてこれって――」

月英が一つの結論に至ろうとしたその瞬間。

「月英、大丈夫か！」

家の戸を壊さん勢いで開けて、場にそぐわない眉目秀麗《びもくしゅうれい》な男が飛び込んできた。

「え……陛下が、どうして……」

もしかして、やはり彼も断罪され王宮から逃げてきたのでは、との考えが一瞬頭をよぎる。

入り口に仁王立つ美丈夫――燕明と目を丸くした月英の視線が交われば、彼は飛びつかんばかりに月英の肩を掴み揺らした。

「無事か！　餓死してないか⁉」

「ががが、餓死？」

「意思疎通できてるな！　よし！」

いや、疎通はできていない。全くよしじゃない。

状況が理解できていない月英を置き去りに、燕明は一人自己完結すると、ひしっと月英に抱きついた。

――あ、あれぇ……どういうこと？

◆◆◆

「あれ、やっぱり今日も月英は来てねぇのか」

「あ、豪亮《ごうりょう》さん。ども」

朝早く香療房を訪ねてきた豪亮に、万里は小さく会釈する。

「何か変なもんでも拾い食いしたか？　あいつ」

普通の体調不良を心配されないところが、太医院《たいいいん》でアイツがどういう風に認識されているかをよく表わしていると万里は思った。

「もう三日来てないよな」

「そうっすね」

肩透かしを食らったような顔をしている豪亮を見て、彼らはあのことを知っているのかと、ふと疑問に思う。

「豪亮さん」

「ん、何だ？」

「む……胸部《きょうぶ》が腫《は》れることってありますっけ」

「胸が？」

「胸部です」

「む――」

「胸部」

そのこだわりは何なのだ、という目を向ける豪亮だったが、万里の表情はいたって真面目なので、豪亮も真面目に答えることにする。

「腫瘍《しゅよう》か打撲か……太った時だな」

「じゃあ、太ったで」

「何が？」

秀才の考えることは分からないと、一人ブツブツと思考の旅に出てしまった万里を置いて、豪亮は静かに医薬房へと戻った。

◆◆◆

一方その頃、月英の家では家主である月英と客の燕明が筵《むしろ》の上で正対していた。

「それで、なぜ三日も仕事を休んでいるんだ」

燕明は背筋を伸ばして正座している月英を、上から下までつぶさに眺める。

「見たところ、飢餓でも病でもなさそうだが……」

「病より先に飢えが出てくるってどうなんですかね」

「お前は常に空腹だと認知しているからな」

「得てはいけない認知を得てしまった」

ちょっと人より食いしん坊なだけである。

「ちゃんと働いてお給金も貰《もら》ってるんですから、今はもう餓死することなんてないですよ」

燕明は、そうかそうかと嬉《うれ》しそうに頷《うなず》いた。

「腹を空《す》かせてないのなら良かったよ。やはり、出会った時の印象が強くてな……お前を見るとつい食べさせなければと思ってしまう」

「でも、ここ三日は外に出られなかったんで、藩季様からの干し棗でしのいでましたけど」

「やっぱりな！」

燕明は懐に手を突っ込んだと思ったら、目にも留まらぬ速さで月英の口元に肉饅頭《にくまんじゅう》を押し込んだ。

久しぶりの温かい食事に、月英はとろけた顔をしてほがほがと肉饅頭を咀嚼《そしゃく》していく。あっという間に肉饅頭が消える。

「うむ。良い食べっぷりだ。やはり病ではなさそうだな」

「ええ、いたって元気ですよ。ご心配ありがとうございます」

「では、なぜ太医院に出てこないんだ？」

「それは、その……」

月英は燕明から視線を逸らし、どう答えたものかと考える。

万里に自分が女とばれたと言ったら、燕明に余計な心配をかけてしまうだろう。

しかも、常々気をつけろと口を酸っぱくして言われていたのに、こうなってしまってはお説教如きで済みそうにない。

――それに、万里には迷惑かけたくないし……。

きっと、燕明は自分のことを万里よりも優先的に考えるだろう。そして、万里を医官から異動させ官吏に戻すことくらいやってのけるかもしれない。

それは月英の望むところではない。

やっと自分の気持ちに素直になれた万里が、自分で選んだ医官――香療師という道なのだ。

月英も、せっかく得た香療師仲間を手放したくはない。

しかし、燕明に嘘をつきたくもない。

どうしたものか、と香療術以外の知識は少ない頭で懸命に考えていると、ぽんっと頭に重みを感じた。

顔を上げると、燕明が頭に手を乗せていた。

「言いにくいことなら言わなくてもいいさ。お前が無事ならばそれでいい」

「……すみません」

猫にするように緩やかに撫《な》でられる手が心地よく、そして、温かかった。

「ありがとうございます」

「ああ」

自分の意思をこれほどに大切にしてくれる人が今までいただろうか。

そんな稀有《けう》な存在が、こうして傍にいてくれるということに、月英の心と表情は和やかになる。

「というか、皇帝がこんな場所に護衛もつけずに来るなんて危ないですよ」

燕明は毛先で纏《まと》めた黒髪を肩に流し、長袍に羽織を引っ掛けるという簡素な格好だった。

さすがに皇帝と分かるようなものではないが、それでもどこか大家の風流なお坊ちゃんという出で立ちである。

へたをすれば物取りに遭いそうだ。

「それと藩季様はどうしたんです？」

てっきりいつも一緒の藩季もいるのかと思ったが、様子を見る限りそうでもない。

「今回、藩季には遠慮してもらった。あいつがいると、いつも予期せぬ方へといくからな」

「私は父親ですよ！」と随分と粘られたらしいが、「勅命」という言葉で片付けてきたという。

暴君一歩手前である。

「それに、この間お前を白国《ツアスト》に行かせたことで身に染みたんだ」

「何がですか？」

「お前を助けるのは……」

そこまで口にして、しかし燕明は「いや」と口元を手で覆い言葉を打ち切った。

ただ、月英の頭に乗っていただけの燕明の手が、突然、月英の後頭部を強く抱き寄せた。

「うわっ！」

引っ張られるようにして、月英は燕明の胸へと飛び込む。

「え、あの、陛下……⁉」

月英が突然何なのだと目を丸くしていると、頭上から声が降ってきた。

「月英……俺はきっとお前が思っている以上に、お前のことが大切なんだよ」

急にどうしたのだろうかと思ったものの、「大切」と言われたことは素直に嬉しかった。

誰かに大切にされる存在であれる自分が、心より誇らしかった。

「へへ、ありがとうございます。陛下」

――僕にとってもこの人は大切な人だな。

皇帝と臣下という枠を超えて、月英は燕明自身をとても好ましく思っている。

彼だけではない。

今や、月英の大切な人達の数は増え続けている。

藩季に呈太医《ていたいい》、豪亮に春廷《しゅんてい》達医官。

そして――。

「どうだ？　もう太医院へ行けそうか」

閉じた瞼《まぶた》の裏で彼の姿が浮かぶ。

生意気に「月英せんぱぁい」とわざとらしく呼ぶ、憎めない後輩。

身に纏《まと》った浅葱色《あさぎいろ》の医官服を、一人、房の隅で嬉しそうに眺めていた格好つけな後輩。

これ以上、彼にもこの人にも心配をかけるわけにはいかなかった。

それに逃げるのは、香療師になったあの日にもうやめたはずだ。

「行けます！」

きっと正面から話せば分かってくれるはずだ。

「では、一緒に行こうか」

差し出された燕明の手を、月英は躊躇《ためら》わずにとった。

◆◆◆

内朝に入ったところで、燕明に何度も「大丈夫か」と確認されたが、さすがに香療房まで付いて来てもらうのは憚《はばか》られた。

そうして、一人で香療房前まで来たはいいが。

「さて、どうしたものかな」

閉ざされている香療房の扉を開くのが怖かった。

臨時任官された初日に医薬房の扉を開く時ですら、ここまで躊躇しなかったというのに。

「ふぅ……落ち着け、大丈夫だって」

一度深く呼吸をして心を落ち着かせる。

何度も口の中で大丈夫と繰り返し暗示をかける。

そうして扉に手をかけ、勢いに任せ一気に開いた。

「おっ、おはようございます！」

房の中には、右奥の作業台でプチンプチンと花を毟《むし》っている青年が立っていた。

「……おはよう？　もう昼過ぎなんだけどなあ？」

青年の顔が、軋《きし》んだようにゆっくりと月英に向けられる。

垂れた目尻《めじり》が特徴的な品のある顔が、月英の姿を捉《とら》えると微笑した。

「随分なご出勤じゃねえか……なあ、せんぱぁい？」

――あ、駄目だ。

目が笑っていない。全然大丈夫ではなかった。

逃げないと決めたが、人間逃げなければならない時もあると魂が叫んでいる。

「すみません！　頭が腹痛で立てないほどに足が頭痛なんで帰ります！」

結果、月英は房に踏み入ることなく踵《きびす》を返し、一目散に香療房から逃げ出した。

しかし、当然そのまま「ばいばい」と万里が見送ってくれるはずもなく。

「させると思うかよ！」

毟っていた花を台に捨て置き、万里も月英の後を追って香療房を飛び出した。

「え、嘘っ⁉」

「待てやあッ‼」

「嫌ああああああああああああっ！」

全速力で追いかけてくる万里を、月英は香療房と医薬房の隙間や障害物などを巧みに使い、身体の小ささを利用して振り切る。

しかし、逃げ回る範囲が狭いこともあり中々に振り切れない。

「なっ、何でそんなに追いかけてくるの⁉　お兄ちゃんには追いかけずに追いかけてきてよ派だったのに！」

「蒸し返すなああああ！　あんな大男を追いかけてる男の図なんて見たくねえだろ！」

「じゃあ僕は何でなんだよ⁉」

「だってオマエはおん――っ、っんあああああああ！」

叫びながら加速する万里。

「ぎゃああああ！　怖い怖い怖い怖いひぃぃぃぃぃぃ！」

まるで熊から逃げている気分だった。

命懸けの逃走だが、正直そろそろ息苦しくなってきた。

これでは捕まるのは時間の問題である。

しかし捕まるわけにはいかない。捕まれば一巻の終わりである。

――かくなる上は……っ！

月英は医薬房に向かって、残った気力を振り絞りありったけの力で叫んだ。

「春廷ー！　万里が薬草園を荒らしてるよー！」

「あっ、オマエ汚ね――⁉」

「何ですって！　吊《つ》るすわよゴラァ!!」

「お、おわあああああああああ!!?」

薬草園の守護神こと春廷が、医薬房から飛び出してきた。

片手に持った薬研を振り上げたその形相は、まさに熊を狩る猟師……いや鬼。

兄弟で本気の鬼ごっこをする羽目になった万里は、月英どころではなくなり遠くへと逃げて行った。

「ふぅ……やっと逃げ切れた。これでしばらくは追ってこれないはず」

「ったく、お前なあ……何やってんだよ」

やりきった表情で額の汗を拭《ぬぐ》っていると、医薬房から豪亮が姿を現した。

その顔はあきれ果てている。

「あ、豪亮。久しぶり」

おう、と豪亮は片手を上げて挨拶《あいさつ》を返す。

「で、今度は何をしでかしたんだ？」

「はは……」

じっとりと重い目で眺められるが、答えられるわけがない。

それどころか、どうやって誤魔化そうか悩んでいる最中だというのに。

「あ、豪亮。ねえ、こう……胸が腫《は》れるようなことって何かある？」

今朝方も同じ質問を受けた豪亮は、何かを測るような目を月英に向けつつ、万里の時と同じ返答をする。

「……腫瘍《しゅよう》か打撲か太った時だな」

「じゃあ、豪亮に殴られたって言おうかな」

いないと寂しいが、いたらいたで騒がしいものだな、と豪亮は隣で一仕事終えた後のすがすがしさを醸し出している月英を見やり、溜《た》め息《いき》を吐《つ》いた。

「何か分からんが、俺を巻き込むなよ」


月英は、そろり、と遠くの木の陰から香療房の様子を窺っていた。

「とにかく、仕事はしないとだよね」

そろそろ底をつく精油もあるはずだ。

いくら万里の物覚えがいいとはいっても、まだ彼が作れる精油は限られている。

「でもなぁ……」

やはり、万里と二人きりになるのは憚られた。

「器具だけ持って、別の場所で仕事しようかな」

食膳処《しょくぜんしょ》の竈《かまど》を一つ貸してもらえないだろうか。

「ちゃんと話さなきゃいけないんだけどなあ……あぁ、でも……」

万里の反応を見るのが怖い。

あれだけ怒っていたのだから、きっと許してもらえないのだろう。

捕まったら最後。証拠をとられ、そのまま御史台に引き渡されるかもしれない。

「そうなったら萬華国《ばんかこく》が滅んじゃう！」

やはり、ほとぼりが冷めるまで接触は避けるべきだろう。

これは決して逃げではない。国の滅亡を避けるための致し方ない手段だ、と月英は自分に言い聞かせた。

「それにしても、万里ってどこまで逃げたんだろう」

香療房の中に人の気配はない。

月英は恐る恐る近づき、扉をゆっくりと開けてみる。

「お邪魔しま――あっ！」

声を潜めて入ってみれば、目の前の机に美味しそうな桃饅頭《ももまんじゅう》が置いてあるではないか。

「やったあ！　桃饅頭だ！」

餌に飛びつく猫のようにピュッと房へと飛び込んだ月英は、ためらいなく桃饅頭にかぶりつく。

ふかふかの饅頭生地ともったりとした餡《あん》が、口の中を優しく温めてくれる。

甘い物は正義である。

しかし、月英がやっぱり桃饅頭は美味しいなあ、とホクホク顔で咀嚼《そしやく》を終えた次の瞬間、背後でバタンと扉の閉まる音がした。

「え……」

振り返れば、絶対に遭遇してはならない男が扉の前で仁王立ちしているではないか。

「ぁ……あふ……ぁぁ……っ」

「やっと捕まえたぞ」

遭遇してはならない男こと万里が、ニタリと口端をつり上げた。

彼の医官服の首元はよれており、額には青筋が立っている。

平和な話し合いを、という希望は捨てざるを得ないだろう。

香療房の出入り口は、万里の背後にある一つだけである。

――に、逃げ道が……っ！

「だ、騙《だま》したな⁉　野生の桃饅頭だって思わせて罠《わな》だなんて！　ひきょうもの！」

「元から桃饅頭は野生してないんだよなあ、バカ」

背中に冷や汗を流す月英などお構いなしに、万里はずんずんと距離を詰める。

「にしても、こんなので捕まるとかオマエ大丈夫かよ。こっちが心配になるわ」

呆《あき》れた溜め息を吐いているが、彼の足が止まることはない。

月英は近づく万里との距離を保とうと後ろに下がり続ける。

しかし、それもすぐに詰む。トン、と背中に壁が触れた。

「し、しまった！」

前にも後にも行き場をなくし、ならば横だと思った瞬間、その道すらも塞《ふさ》がれる。

万里が月英の顔の両側の壁に手を突いていた。

「残念。もう逃がさねえからな」

「……っううぅ」

月英は威嚇とばかりに精一杯睨《にら》んでみるも、万里は意に介した様子もない。

「さて、色々と話してもらいたいんだが」

「は、話すことなんかないね！」

逃げないという決心を曲げることなど、国が滅ぶことと比べれば些細《ささい》なものだ。

「……そうかよ」

不機嫌な声を漏らした万里は、壁に突いていた右手で月英の肩を掴《つか》んだ。その額には青筋が浮かんでいる。

逃がさないというより、何かを確かめるような触り方である。

「まあ……言葉が無理なら、手っ取り早く確かめるって方法をとらざるを得ないんだけどな」

「な……っ⁉」

するり、と万里の手が医官服の首元へと移動していく。

そうして、襟の留め具に触れた時だった。

「おーい、月英。用があるって内侍官が今――」

豪亮が無遠慮に扉を開けたのは。

「ごっ……豪亮！」

助かったとばかりの声を上げる月英と、ばつの悪そうな顔を向ける万里に、豪亮は首を傾げる。

「――って、そんな隅で何やってんだお前ら？」

「いえ、これは……その……」

万里の意識が逸れた隙をついて、月英は壁と万里の間から抜け出す。

あっ、と万里が声を上げるが、次の瞬間には月英は豪亮の腕を引っ掴んで房の外へ出ていた。

「僕に用事なんだってね！　それじゃあ行こうか、豪亮！」

「え、お……おう、そうだな？」

背中に穴が空きそうなほどの視線を感じるが、月英は振り返らずにそのまま香療房を後にした。

【第一章・移香茶を広めよう！】

1

医薬房にいた内侍官が言うには、亜妃《あひ》が呼んでいるから来てくれということであった。

月英《げつえい》はその内侍官をそのまま随伴とし、燕明《えんめい》の後宮『百華園《ひやつかえん》』にある亜妃の住まう宮――芙蓉宮《ふようぐう》へと向かった。

そうして亜妃に用件を聞けば、用があったのは正確には亜妃ではなく、亜妃の侍女ということで。

「――え、この移香茶をですか？」

卓の上には、花の香りがする茶が置かれていた。

「そうです！　ぜひ、うちの店で扱わせてほしいんです！」

頭の両側でお団子髪を結った侍女にズイッと顔を近づけられ、思わずその圧に月英は上体を仰け反らせる。

「あ、あの……少し離れていただけると……」

ただでさえ黒々とした瞳《ひとみ》が、目の上で綺麗《きれい》に切り揃えられた前髪のおかげで目力を増していた。

正直、ここまで至近距離で見つめられると照れるというもの。

「こら、鄒鈴《すうりん》。落ち着きなさい、はしたないですよ」

「あっ、すみません月英さまぁ」

すると、月英の様子をめざとく察してくれた年上の侍女が、お団子の侍女こと鄒鈴をたしなめた。

鄒鈴は月英から身体を離すと、傍目にも分かるほどすまなそうに眉《まゆ》を下げる。

コロコロと表情がよく変わる侍女だ。

「すみません、月英様。この子ったらあまり深く考えない質で、よく他人との距離感を間違えるんですよ」

「えぇ……李陶花《りとうか》さまが言うなら分かりますけど、それ明敬《めいけい》さんが言いますぅ？」

「どういう意味よ、鄒鈴」

「だって、明敬さんも最初っから亞妃さまの髪にベタベタ触ってたじゃないですかぁ」

「あっ、あれは、亞妃様の髪がとても綺麗だったからつい……っ」

「だったら、わたしもついですぅ」

「二人ともおやめなさい！　月英様が驚かれてるでしょう」

年上の侍女――李陶花の一声で鄒鈴と、明敬と呼ばれたそばかすの侍女は一緒に首をすくめて口を閉ざす。

月英はというと、李陶花が言ったように個性あふれる大中小の侍女達を見て、驚きに目を瞬かせていた。

亞妃には三人の侍女がつけられている。

月英が彼女達を見たのはこれが初めてではない。

亜妃の心を癒やすために芙蓉宮を訪ねていた時に、何度も会っている。

しかしその時は、亜妃の部屋まで案内すると彼女達はすぐに別室へと引っ込んでしまい、会話らしい会話すらしたことがなかった。

だから、まさかいつも目礼のみで静々と下がっていた侍女達が、これほどに賑《にぎ》やかだとは思いもしなかった。

「驚かれましたでしょう、月英様」

月英の様子を見ていた亜妃が、クスクスと肩を揺らしていた。

「ええ……びっくりです。随分と宮の雰囲気が明るくなったなあと……」

月英は隣に座る亜妃の顔をまじまじと見つめ、ふっと表情を和らげる。

「それと、リィ様がとても楽しそうだなって」

月英を見上げた亜妃は一瞬笑いを引っ込め目を瞬かせると、次には苦笑を漏らしていた。

「そうなのです。実は、以前よりも毎日が楽しいんですの」

腕に絡む薄紅色の袖《そで》を淑やかな手つきで撫《な》でる亜妃の表情は、穏やかそのものだ。

「……色々と……本当に色々お話ししたのです。好きなものや嫌いなもの、教えてほしいことやしてほしくないことを、わたくしのこの口で、言葉で、彼女達に伝えたのです」

彼女は自分の思いを告げることを怖がっていた。

それで疎まれたらどうしよう、と。

しかし、勇気を出した亞妃に侍女は応えてくれたのだろう。

こうして四人の様子を見る限り、良い関係を築けているようだ。

それは、亞妃の髪形からも見てとれた。

ひっつめた髪は嫌いだと言った亞妃。大きく波打った灰色の髪は、今では半分だけ結われ大半は背に流されている。

「彼女達も、どのように接して良いのか分からなかったみたいで……随分と気を遣わせていたようですわ。それも今では、侍女というより姉や妹みたいで毎日退屈しませんの」

「リィ様が心から笑えているのなら、僕はそれが一番嬉《うれ》しいですよ」

「月英様……わたくし、あなた様には感謝しきれないくらい感謝しておりますの」

月英の袖を控えめに引き、見上げてくる亞妃。

髪と同じ色の瞳は、朝空のように薄光《はくこう》し美しい。

頰紅だろうか。ほんのりと赤く色づいた頰が亞妃の色白さを際立たせ、髪や瞳の薄色と相まって儚《はかな》さを纏《まと》わせる。

「月英様……わたくし……っ」

「リィ様?」

得も言われぬ空気の中、月英の袖を引く亞妃の力が強くなった時。

「あぁ、そうでしたぁ! それでですね、月英さま!」

思い出したように手をパンと鳴らした鄒鈴の声が、部屋に響き渡った。

どうやら李陶花の説教は終わったようだ。いや、終わらせるために声を上げたようだ。

話を聞いてくれとばかりの懇願の目を、鄒鈴が月英に向けていた。

「移香茶の件ですが、ぜひうちで茶葉を扱わせてほしいんですよ」

「えっと、まず『うちで扱う』ってどういう意味なんでしょう？」

「実は、鄒鈴のご実家は茶葉の卸売商なんですの」

首をひねった月英の疑問に、亞妃がさりげなく答えてくれる。

気がつけば、袖にあった亞妃の手はいつの間にか離れていた。何か言いたいことがあったのではと目で問うてみるも、亞妃は微笑を浮かべ微かに首を傾げるのみ。

――大したことじゃなかったのかな。

月英も特に追及するようなことはせず、鄒鈴の話に耳を傾ける。

「そうなんです。茶心堂《ちゃしんどう》って言いまして、父で六代目になる王都ではちょっと名の知れた茶商なんですよぅ」

誇らしそうにえっへんと胸を張る鄒鈴。

「それは凄《すご》いですね。僕も一度飲んでみたいもんですね」

「有名な茶屋や甘味処にも卸してます！」

鄒鈴の胸を張る角度がさらに増す。

自慢なのだろうが、彼女にはどこか憎めない愛嬌《あいきょう》があった。

「私の好きな甘味処のお茶も鄒鈴の家のだったようで……世間って狭いものですよね」

「へえ、李陶花さんも甘い物が好きなんですね。僕も好きなんですよ」

失礼ながら、涼しげな薄顔で厳格な雰囲気を持つ李陶花は、甘い物よりも辛い物の方が好きかと思っていた。

やはり、甘い物は万民共通の正義である。

「うちは兄妹揃《そろ》って甘い物に目がないんです」

「それは一緒に甘味処に行けて良いですね」

誰かと食べる甘味は確かに美味しい。

月英には兄弟はいないが、いつも一緒に頬張ってくれる父と保護者はいて、やはり一人で食べるよりも美味しかった。

「それでですね、この素敵な移香茶を、ここだけで楽しむのはもったいないと思うんですよぅ」

再び脱線しかけた話を、鄒鈴が声を大きくして引き寄せる。

「ふふ、移香茶を一口飲んだ時の鄒鈴の顔は、今思い出しても面白いわ」

「ええ。猫が香物を嗅《か》いだ時みたいな顔してましたもんね」

思い出し笑いに眉を下げた亞妃に追い打ちをかけるように明敬が言葉を挟めば、亞妃の笑いが一層濃くなる。

ひくひくと身体全体を震わせ、目尻《めじり》には涙まで浮かべている。

一体、鄒鈴はどのような反応をしたのか。ぜひとも見たかった。

そこで鄒鈴が咳払《せきばら》いをする。

「わ、わたしの反応は良いとしてですね……とにかく！　こんなに素敵なお茶なんですから、絶対王都でもすぐに人気になりますってぇ。もちろん、タダでなんて言いませんから、どうかこのお茶を扱わせてください」

「でも、香りのついたお茶なんて受け入れてもらえますかねえ？」

「確かに最初は躊躇《ためら》う人が多いでしょう。でも、そこは卸商《うち》の腕の見せ所です！　一度飲んでもらえれば良さが分かるものですから、力入れて売り出していきますよぅ」

鄒鈴は己の華奢《きやしや》な腕を自信満々に叩《たた》いて見せた。

ペンッと可愛らしい音がしていたが、彼女の輝くような満面の笑みを見れば頼もしく思えるから不思議だ。

それに、ここまで力説されれば正直悪い気はしない。香療術が認められたみたいで嬉しかった。

「月英様、いかがでしょうか。わたくしとしましても、この移香茶はもっと多くの人に飲んでほしいと思うのです」

亞妃が卓に置かれていた移香茶を手に取り、香りを堪能するように鼻を近づける。

「きっとわたくしのように、お茶の温かさと……この香りに心を救われる方もいるでしょうから」

確かに、これは月英にとっても願ったり叶《かな》ったりの状況なのかもしれない。

元より国中に香療術を広めるのが月英の目標である。

しかし、香療術を広めるにはまず、香療術の知識を持った人手も精油も相当に必要になるのだが、現状そのどちらも不足しており、王宮内で使用するだけでやっとであった。

とても王都や他の邑《まち》にまで、と言える状況ではない。

それを思えば、今回の鄒鈴の話は渡りに船なのかもしれない。

いきなり香療術を広めるより、茶という民の生活に紐付《ひもづ》いたものからの方が、受け入れてもらいやすいだろう。

移香茶は精油さえあれば大量生産できる。

しかも、普段通りお茶を淹れるだけで良く、特別な技もいらず誰でも楽しめる。

精油と比べて使い方も単純で管理も楽な上、なにより移香茶には特別な効能がないため、月英の手から離れても安心なのだ。

「鄒鈴さん」

「はい、月英さま」

「お金はいりません。茶葉を用意していただければ作りますよ」

「それはつまり……！」

「ええ、どうか移香茶を広めてください」

「やったぁ！　商売繁盛――じゃなかった、ありがとうございます月英さまぁ！」

何やらたくましい商魂を垣間見た気がしたが、何にせよとても良い機会をもらえた気がする。

――移香茶で皆が笑顔になって、それで少しずつでも香療術について知ってもらえたらいいな。

こうして香療房の新たな仕事として、茶心堂へ移香茶の茶葉を届けることが加わった。

2

さて、良いことがあれば困ったこともあるというもの。

「うぅ……戻らなきゃ仕事はできないけど、戻ったら仕事ができなくなるかもしれない」

下手をすれば、国が滅ぶかもしれない。

なんという状況だ。

同じ香療房に勤める香療師である万里《ばんり》。月英が香療師であるかぎり、絶対に逃げられない存在である。

「結構怒ってたもんなあ……逃げるように出てきちゃったし、さらに怒ってそうだよ」

それでも月英の足は、無事に香療房へと到着してしまった。

開け放たれていた扉から中を確認すれば、しっかりと万里がいる。

そこでまず最初に月英がやったことと言えば、入り口を塞《ふさ》がれないように扉の前に陣取るということ。

「た、ただいまぁ……」

「おう」

恐る恐る声をかけてみた。が、もう万里が迫ってくる様子はなかった。作業台に向かいながら淡泊な返事があったのみ。

ただ何か言いたそうにチラと横目を向けられた。

しかし今何か聞かれても、彼が納得する答えは出せない。

だから、彼が口を開こうとする度に関係のない話を被せていたら――。

「――そ、それで鄒鈴《すうりん》さんとこのお店で、移香茶の茶葉を扱ってもらえることになってね」

「おう」

「茶屋や甘味処に卸すらしいし……ど、どういった香りがいいのかなあ」

「おう」

「や、やっぱり香りが強すぎない方がいいよね！　あ、ぁあ後、甘い香りの方が……」

「おう」

こうなってしまった。

先ほどからずっとこの調子だ。「おう」しか言えない呪いに掛かってしまっている。それとも言葉が理解できない呪いなのか。

「空から蛙が降ってきたよ」

「おう」

「春廷《しゅんてい》が頭を丸めたよ」

「おう」

「豪亮《ごうりょう》の筋肉が爆発したよ」

「おう」

「………万里のばーか」

「あぁっ⁉」

「やっぱり分かってるじゃん！」

ようやく向けてくれた顔を、月英は今度は目をそらさずに正面から見つめ続ける。

こちらが悪いのは百も承知だ。

しかし、あまりに急なことで、正直こちらとて考えを整理する時間がほしい。

「万里、君が聞きたいことは分かってる。だけど、もう少しだけ待ってほしいんだ」

これは、自分一人だけの問題ではないのだから。

――陛下や藩季《はんき》様にだけは、迷惑を掛けたくないんだよ。

夢で見た光景が、月英の胸を締め付けた。

「お願いだよ……っ万里」

月英の視線を受け、次は万里が息を呑《の》んだ表情をした後、顔を俯《うつむ》ける。

「……で……よ」

「え？」

足元に向かってぼそっと呟《つぶや》かれた彼の言葉は、よく聞こえなかった。

「――っうるせぇ！　もう仕事以外でオレに話しかけんな！」

勢いよく顔を上げた万里はそう叫ぶと、房の入り口にいた月英を押しのけるようにして飛び出して行く。

「えっ！　ちょ、どこに行くの、万里⁉」

「刑部に蜜柑《オレンジ》の精油焚《た》いてくれって頼まれてたんだよ！」

言いながら駆け去って行く彼の手には、精油道具が入った籠《かご》が抜け目なく握られていた。

「ど……どうしたら良いんだよ、もう……」

月英は入り口の扉に力なく身体を寄せると、ヘロヘロとそのまましゃがみ込んだ。

どうして、あんなに万里は怒っているのだろう。

やはり自分の存在が目障りだからだろうか。

「でも、僕は香療師をやめたくないし、万里にもやめてほしくないんだよ」

月英は頭を抱えて小さくなった。

「はぁ……僕も少し散歩でもしよ」

いつまでもここでこうしているわけにもいかず、ひとまず気分を変えようと、月英も香療房を重い足取りで出たのだった。


しかし、常に忙しさで殺気立っている外朝を散歩などできるはずもなく、結局、月英の散歩は内朝をうろつくものになる。

外朝で呑気《のんき》に散歩などしていたら、「こっちはクソ忙しいのに、お散歩とは優雅ですねえ！」といった視線の熱さで丸焼きにされてしまう。

月英は、央華殿《おうかでん》と龍冠宮《りゅうかんきゅう》との間で宛もなく彷徨《さまよ》っていた。

「あぁ……頭が痛い」

ここまで対人関係で悩んだ経験がなく、脳の滅多に使わない場所を酷使しているのか頭痛がする。

「今まで、全部その場限りの関係だったもんなあ」

生きてきた大半で、誰かと関係を繋《つな》ぐということをしてこなかった月英。

日雇いの仕事や下男のような雑用仕事ばかりだったこともあって、関係を築く必要がなかったからとも言える。

王宮に来ることになって初めて、誰かと築く関係とはとても温かなものだと知った。

「医官達にはここまで悩んだことないのになあ」

女だと知られたことが大きいのだろうか。

しかし、もし豪亮や春廷にばれても、ここまでは悩んでいないような気もする。

やはり、相手が『万里』ということが大きいのかもしれない。

「同僚？　仲間？　ではあるんだけど何て言うのかな……万里はそれともちょっと違うんだよね」

年が近いからだろうか。

他の医官達は、月英を弟や近所の子といったように見ている節がある。

豪亮や春廷はまさにそれだ。気がつけば月英の世話を焼いている。

「劉丹《りゅうたん》殿に近いような感じもするけど、それもまた……。万里とは目線が同じっていうか……初めての後輩だからかな？」

かつて礼部にいて、今は異国先遣隊として国外に出ている劉丹《彼》に似ているが、やはり違う。

おかげで、どう接したら良いのか分からない。

「い、一応、待ってとは言えたんだし、しばらくは大丈夫だよね」

それで逃げられてしまったのだが。

しかし、仕事のことなら話しかけて良いとは、やはり彼は変なところで真面目だ。

思わず苦笑が漏れる。

「それにしたって、何で万里はあんなに怒ってたんだろう」

彼の思考が読めない。

いっそのこと、彼の記憶が丸ごとすっぽり消えてくれればあっさり解決するのだが。

「陛下にやったみたいに首でも打つかな……いやでも、あの時は記憶は消えなかったわけだし……」

「先ほどからブツブツ言いながら何をやってるんだ、月英」

月英が頭を抱えていると、ちょうど今し方記憶の中で首を打たれた人物が、長袍をなびかせながらやって来た。

「やはりまだ太医院へ行くのに問題でもあるのか？」

「あ、陛下。いえ、太医院へは行ったんですが、それとは別でまたちょっと……」

下ろされた髪や着流された長袍からは気怠げな印象が漂うが、包まれている彼の堂々たる体躯《たいく》は幾分も劣らない。

まさに『萬華国《ばんかこく》の至宝』と呼ばれるにふさわしい者だろう。

――僕、その至宝の首に思いっきり手刀を入れたんだよね……。

今考えると命知らずだなと思う。

しかし、あの時はそれほどに混乱していたのだ。

燕明《えんめい》の思想次第では、月英の首が飛んでいたのだから焦りもするだろう。

そこで月英は「あ」と思いつく。

「陛下、聞きたいことがあるんですが！」

どうした、と燕明は首を傾げる。

「陛下は僕の秘密を知った時どう思いました」

万里の思考が分からなければ、彼と似たような経験をした者に聞いてみれば良いではないか。

「秘密？　目のことか？」

燕明は腰を折り、まじまじと月英の瞳《ひとみ》を覗《のぞ》き込む。

「初めて見る色だったからな。驚きはしたが、だが率直に綺麗《きれい》だと思ったな」

真面目な顔で面と向かって綺麗と言われ、首の後ろがむず痒《がゆ》くなる。

彼は自分の碧《あお》い瞳を綺麗だと言うが、彼の真っ黒な瞳も相当に美しいと思う。

珍しい色ではないが、白と黒が互いを引き立て合っていてそれだけで、彼の意志の強さが伝わってくるようだ。

「では、女だって知った時は？」

ゴキュッと燕明の喉《のど》から変な音が聞こえたと思ったら、燕明は勢いよく上体を起こした。

先ほどまで目の前にあった彼の顔はあっという間に遠くへ、というか明後日の方を向いていた。

「あっ、あの時は……っだな、その……驚いたし、正直ほっとしたというか……」

「ほっとした？」

「あー……いや、何でもない」

わしわしと雑に後頭部を掻《か》く燕明を、月英は首を傾げて見つめた。

訝《いぶか》しげな月英の視線を受け、燕明は一つ大きな咳払《せきばら》いをすると声音の調子を戻す。

「で、急にそんなことを聞いてどうしたんだ」

「いやぁ……少しばかり悩んでまして」

「そういえば今朝方も何か悩んでいたよな？　同じことか？」

「そんな感じです」

曖昧《あいまい》に笑う月英の顔には、いつもの元気がなかった。

「悩みすぎて頭が痛くなってきちゃったんで、気分転換に散歩してたんですよ」

「なるほどな」と、燕明は深く頷《うなず》いた。

顎《あご》に手を沿わせ、月英の疲れたように眉尻《まゆじり》の下がった顔を見やる。燕明は口の中で唸《うな》りながら、思案に何度も顎を撫《な》でていた。

一方、月英はというと、腹の前で組んだ指を忙しなくモゾモゾと動かしている。

どうやら本当に悩んでいるらしい、と燕明は判断した。

過去にもこういったことがあった。

まだ月英が臨時任官だった頃、医官達との関係について医薬房の裏で悩んでいたのを見つけた記憶がある。その時は『どうせ』と投げやりなところがあった。

しかし今は、頭を痛めるほどに向き合っている。

月英の自由奔放さは、出会った頃からちっとも変わらない。

だが、しっかりと成長している部分もあるのだなと、燕明は口元を緩めた。

「俺から言えることは、目一杯悩めってことだな」

月英の頭に燕明の手が置かれる。

春廷に結ってもらう時間がなかった久しぶりのボサボサ頭を、燕明の手がさらに乱していく。

「うわわっ！　ちょ、ちょっと！　何だかいつもより撫で方が雑なんですけど⁉」

「ははっ！　今日は乱しても怒られないだろうから大丈夫だろ」

「やーめーてーくださいぃ！」

月英は燕明の手を両手で捕まえると、頭から引っぺがしえいっと投げ捨てた。

「もう！　頭の中も外もぐちゃぐちゃになったじゃないですか！」

「悩め悩め！」

燕明は愉快そうに大口を開けて笑った。

「悩まずに出した答えより、悩んで出した答えの方が尊いというのが、今までの俺の経験則だ。だから悩め」

「これ以上悩んだら脳が死にますって」

「悩めるうちは生きているから大丈夫だ」

適当だなと思いつつも、燕明の笑みにつられ、月英も思わず噴き出してしまう。

少し肩の力が抜けたようで、身体が軽くなった。

「悩むってことは、それだけお前にとっては大切なことなんだろう」

「大切……」

月英の脳裏に万里の姿が浮かぶ。

「はい。大切です」

間髪容れずに答えていた。

「誰かから答えをもらうのは簡単だが、自分で出した答えの方が、後々どういう結果になろうが受け入れられるものさ。それはお前だけじゃない。相手がいることであれば、相手も真剣に悩んだ答えの方が嬉《うれ》しいものさ」

燕明はいつも、自分にはない新たな視点を与えてくれる。

月英にとってはそれが刺激的であり、楽しく、目から鱗《うろこ》が落ちるようでもあった。

「きっとこれからお前は様々なことを経験していく」

燕明から貰《もら》ったものは既に両手では足りないくらいある。

「苦しいことも、楽しいことも、悲しいことも、嬉しいことも……もちろん今みたいに悩むことだって幾度となくある」

優しかった養父の子順《しじゅん》が亡くなって、冷えた感情しか持てなくなった月英の心に、再び火を点してくれたのも彼だ。

「その全てを全力で楽しめ」

月英の世界を鮮やかに色付けてくれたのも、間違いなく彼だった。

月英は「はい」と力強く頷いた。

「少なくとも俺は、蔡京瑶《さいけいしょう》を赤猪《せきい》の太守《たいしゅ》に任じた時は楽しんでいたな」

「陰険な皇帝ですね」

「皇帝は善人なだけじゃやっていけないのさ」

燕明はしたり顔で呵々《かか》と笑っていた。

「でもそっか……悩むことは悪いことじゃないんですね」

答えが出せないことを申し訳なく思っていたが、確かに燕明の言うとおり、適当に返す方が失礼だろう。

——万里にはやっぱりもう少し待ってもらおう。ちゃんと伝えれば分かってもらえるはずだもの。

結論を急がなくて良いと思ったら、急に腹が虚しくなってきた。

「何だかほっとしたら、お腹が空《す》いちゃいました」

ぐきゅううぅ、と月英の腹部からもの悲しい鳴き声が発せられる。

「久々に聞いたな」と燕明は笑っていた。

「月英、俺の部屋へ来ないか？　月英が来ると分かったら、藩季が色々と持ってくるだろうさ。点心とか」

「え！　点心ですか！」

「ぜひ行きます！」と言いかけて、月英ははた、とこの状況の不自然な点に気づいてしまった。

「……陛下って何でここにいるんですか」

「い、いや……それは……」

燕明の目が泳いでいた。

彼は龍冠宮の方からやってきたし、何か用事を済ませたようにも見えない。

そして、これから自分と一緒に部屋に戻るということは――。

「どうせ、また仕事に追われて逃げてきたんでしょう。僕を連れて行くことで、藩季様からのお小言と追及を躱《かわ》そうとしてますよね」

「あ、はははは！　さあ行こうか月英。余計なことは考えるな」

ぐいっと肩を抱き寄せられ、半ば拘束されたかたちで進路を決められる。

瞼《まぶた》を重くして隣の燕明を見上げれば、彼は鼻歌を歌いながら月英とは反対側を向いていた。

「まったく……仕方ありませんね」

薄く嘆息した月英だったが、その表情は柔らかい。

「桃饅頭《ももまんじゅう》は僕のものですからね」

「ああ、好きなだけ食べろ」

二人は並んで龍冠宮へと向かうのであった。

3

月英は香り付けした茶葉を持って、亞妃の芙蓉宮《ふようぐう》を訪れていた。

「まさかこんなに早く茶葉が届くとは思ってもみませんでした。行動が早いですね」

「兵は拙速を尊ぶですよぅ。何事ももたもたして機会を逃してはだめですからね」

「何ですか、それ？」

「兵法ですぅ」

まさか、まったりとした口調で侍女から兵法を教わるとは思わなかった。

「それで、例のブツは仕上がったんですか」

わくわく、と今にも聞こえてきそうなほどに、鄒鈴《すうりん》は目を輝かせ腕をわきわきさせており、率直な反応に月英は苦笑する。

「その言い方だと、僕が危ない物を作ったみたいなんですが……」

亞妃の侍女である鄒鈴から申し出があった翌日には、香療房に茶葉が届けられていた。

そこで月英は精油を数種類選び、小分けにした茶葉にそれぞれの香り付けを行った。

やはり嗜好《しこう》品として個人で飲むのと、商売品として万民に出すのとでは、作る緊張感がまるで違う。

「わたくしの、待雪草《スイーフア》の香りのものとはまた違うのですか？」

亜妃が、待雪草で香り付けした茶葉が入れてある茶筒をチラと目で示す。

視線の先――棚の上には、鮮やかな花模様が美しい青磁の茶筒が置かれていた。

「ええ。甘味処に卸すと聞いたので、花の香りよりも果実の方が馴染《なじ》みがいいかなと思って、果実系で香りを付けてみました」

王道の蜜柑《オレンジ》だけでなく枸櫞《シトロン》や生姜《ジンジャー》、松明花《ベルガモット》などを使い、いくつか試作をした中で、月英が良いと思った二種類を持ってきていた。

茶葉を卓の上に差し出すと、鄒鈴が飛びつくようにして手に取り、いそいそとお茶を淹れ始める。

そうして卓の上には、それぞれの前に二種類ずつの茶器が置かれた。

「ええっと、赤い茶器が……ん？」

どちらにどの茶葉を使ったのか分からなくなってしまったのだろう。

鄒鈴は「あれ？」と呟《つぶや》きながら、赤と青の茶器の間で顔を右に左にと彷徨《さまよ》わせていた。

月英は混乱に眉《まゆ》をひそめている鄒鈴を横目に微笑すると、赤と青の茶器に一口ずつ口を付ける。

「赤が松明花《ベルガモット》で、青が生姜《ジンジャー》ですね」

月英の言葉で、それぞれが茶器を手に取っていく。

最初に反応を示したのは亜妃だった。

「あら、全く違いますね。赤い方はさっぱりとしてとても良い香りで、青い方は少し辛いけど後味がすっきりで……どこか馴染み深い香りですわ」

「松明花《ベルガモット》というのは蜜柑《オレンジ》に似た果実で、その皮から精油ができます。もう一つの生姜《ジンジャー》は、料理にも使われていて、僕達にも身近なショウガのことですよ」

「なるほど。じんじゃあとはショウガのことだったのですね」

亞妃は青い茶器から立ち上る香気に鼻を寄せると、目を細めて二口三口と美味しそうに飲んでいた。

「個人的には辛いのも美味しいのだけれど、甘味にはやっぱりこちらの赤い方かしら」

「確かにそうですね。青い方は食事には合いそうですが、甘味と一緒となると少々風味が強すぎるかと」

亞妃の言葉に、同意だと李陶花《りとうか》が頷く。

「それにしても月英様、よくお茶にショウガを合わせようと思いましたね。わたくし、ショウガは料理に使うものとばかり……」

「用意してもらった茶葉が若々しい香りだったんで、色んな種類の爽《さわ》やかさと掛け合わせてみたんです」

「わぁ、すごいです月英さま！　お届けした茶葉って新茶葉だったんですよぅ。よく分かりましたね！」

「鼻は良い方なので」

ふふん、と先日の鄒鈴のように月英が誇らしげに胸を張れば、部屋の中は楽しそうな笑い声で満ちる。

「生姜《ジンジャー》って料理にはもちろんですが太医院でも薬として使いますし、案外使い道が多いんですよ。

精油としても優秀で、冷え性や腰痛肩こりにも効きますし活力増幅にもなります」

「へえ、肩こりにも効きますか」

李陶花が口を丸く開けて関心を示した。

「あれ、李陶花さんどこか身体の不調でも？　よろしければ今度処方しますよ」

「あ、いえ。私ではなく兄が……」

そういえば、彼女は兄がいると言っていたか。

「仕事のしすぎで万年肩こりなんです。会うたびに腰が痛いだの肩が痛いだのと、煩《うるさ》いんですよ」

まるでどこぞの宮廷官のようである。

ふと月英の脳裏に、刑部の翔信《しょうしん》の姿が浮かんだ。

――あそこの部省って激務そうだったし、翔信殿はまだ生きてるかな。

死屍累々《ししるいるい》の刑部の部屋を思い出せば、月英の口端も引きつる。

――そういえば、この間万里が行ったんだっけ……。

香療術が蘇生術《そせいじゅつ》として使われているだろうことは易々と想像できた。

「もし、お兄さんと会わせていただけるんだったら、僕が処方しますよ」

手遅れになる前に手を打たなければ、ああなってしまう。

「それは助かります。兄にも話してみます」

とは言いつつも、彼女の兄は何をしている人なのだろうか。

宮廷に平民はおいそれとは立ち入れないのだし、王宮の外で施術することになるのだろうか。

――ま、その時になってから考えればいっか。

王宮の内だろうが外だろうが、香療術を知ってもらえるのならば良いことだ。

「それでは鄒鈴さん。松明花《ベルガモット》と生姜《ジンジャー》、どちらの茶葉にしましょうか」

鄒鈴は赤い茶器に入っていたお茶を威勢良く飲み干すと、勢いそのままに卓に力強く置いた。

カコンッと小気味よい音が響く。

「松明花《ベルガモット》でお願いします！」

「かしこまりました」

小動物のようにクリクリした愛らしい鄒鈴の目が、今は爛々《らんらん》として完全に商人のそれとなっていた。

「では、ある程度の量ができたら僕が茶心堂《ちゃしんどう》に届けますすね」

「父にも伝えておきます。ですが、これは『まずは』ですからね」

「まずは……ですか？」

首を傾げた月英に、鄒鈴はふふふと不気味な笑い声を出す。

「何事も手始めは周知が一番重要なんです。なので最初はクセの少ないもので万民受けを狙いまして、徐々に徐々に種類を増やして玄人心をあおるんですよぅ」

両手をわななかせ、可愛い顔にほの暗い笑みを浮かべる鄒鈴。

亞妃は静かに茶を飲み、李陶花と明敬《めいけい》は互いに顔を見合わせ首を横に振っていた。

「それはもう、茶に沈めるが如くズブズブに移香茶の虜にしてやるんですぅ！」

顔も台詞も完全に山賊のそれなのだが、彼女は本当に後宮の侍女で間違いないだろうか。

鄒鈴は移香茶を気に入ってくれ、広めると言ってくれているのだが、どうしてだろう。手放しで喜んではいけない気がする。

「すみません、月英様。この子、お茶や商売事に関しては少々悪癖が出てしまいまして」

「悪癖で収まりますかねえ、これ」

「ぐふふ……商売繁盛千客万来……」

李陶花が申し訳なさそうに言う横で、鄒鈴は頭の上のお団子髪をポヨポヨ揺らしては、変な笑い声を漏らしていた。

鄒鈴は時間が経てば落ち着くらしく、月英は芙蓉宮を気にしつつも百華園を後にした。

香療房に戻ったらさっそく、松明花《ベルガモット》の移香茶作りに励まなければ。

◆◆◆

どうやら松明花《ベルガモット》茶の評判は上々のようだ。

茶心堂からは三日にあげずして、追加の注文が入る。おかげで松明花《ベルガモット》の精油があっというまに減っていく。

「こんにちは、追加の茶葉を持ってきました」

「ああ、待っていたよ、月英くん」

木目が良い味を出した焼き杉の板に、『茶心堂』とこれまた趣のある字が彫られている看板の店に入れば、活気のある声が迎えてくれた。

月英の顔を見るやいなや、鄒鈴の父親である茶心堂の店主——鄒央《すうおう》は顔に満面の笑みを浮かべる。

「どうですか松明花茶《ベルガモット》は……って、そのお顔を見る限り良さそうですね」

「ああ、随分と評判がいいよ！　皆最初は香りが付いたお茶なんてと抵抗感を示していたが、王都一の甘味処が試しにって使ってくれてからはあっという間だったよ。そこからは客が客を呼ぶで、色々な茶屋からうちにも自分のとこにもと引く手あまたさ！」

「それは嬉《うれ》しいですね」

目尻《めじり》の皺《しわ》を深くして笑う鄒央につられ、月英の笑みも濃くなった。

しかし、月英の表情はすぐに陰る。

緩やかだった眉も、申し訳なさそうに垂れ下がっていた。

「そんなに皆が飲みたいって言ってくれてる中、申し訳ないんですが今回追加で作れたのはこれだけでして……」

月英は受付台に、男の両手大の包みを出した。

「追加分で用意していただいた茶葉の半量しか作れませんでした」

鄒央が縛ってあった紐《ひも》を解けば、包み紙の中から爽やかな香りの茶葉が現れる。

「せっかく茶心堂さんが移香茶を広めてくれてるのに、僕の方が足を引っ張るようなことになってしまってすみません」

しかし、鄒央は中身が少ないと怒ることもせず、茶葉の香りを「うん」と確かめただけで再び紙に包みなおしてしまった。

それどころか、受付台の向こうにいる月英の頭を、跳ねるようにして撫《な》でる。

「なぁに、わざと出し惜しみしてるわけじゃないんだ。それに、そっちの方が希少価値が出て値も上がるってもんよ。ウッハウハだね！　いやぁ、何から何までありがたいもんだね、移香茶ってやつは！」

鄒央は頭を仰け反らせて大笑していた。

実に気っ風の良いおじさんだ。

それにしてもウッハウハとは。

「儲《もう》かるなあ」と愉快な声を上げている彼に、鄒鈴の姿が重なる。

間違いなく彼女と店主は親子だろう。

「というか、申し訳ないって思ってるのはこっちなんだがね。娘から聞いたが、本当にお代はいらないのかい？」

受付台から身を乗り出した鄒央は、声の大きさを一つ落として月英に問いかける。

「ええ。茶葉を茶心堂さんからいただいているので、僕の方で何か特別お金がかかることってないんですよ」

「いやしかし、茶葉にこうして香りをつけるのにも何か使っているんだろう？」

「松明花《ベルガモット》の精油を使ってますね」

「精油？」

鄒央の白髪交じりの眉が片方だけ跳ね上がった。

新しいものに興味を示すのは商売人の性なのか、彼の瞳《ひとみ》に好奇心が浮かぶ。

「松明花《ベルガモット》の果実の皮を搾って作った油のことです。香りの成分がたくさん含まれているんですよ」

「ほう、松明花の実からこの香りができていたのかい」

確かに、と鄒央は茶葉の包みを大切そうに持ち上げ、包みの外側からスンスンと香りに鼻を鳴らす。

包み紙越しでも、ほのかに漂う周囲の空気とは違う爽やかな香り。

「言われてみれば、この爽やかさは柑橘《かんきつ》のものだな。だが、柑橘の汁と茶を混ぜただけではできないものだし……実に不思議なもんだ」

「精油は自然のものから香りだけを抽出したものなんです。特に移香茶はその中で香りだけを茶葉に吸わせているので、味に変化はないんですよ」

鄒央は「ほうほう」と鳩のように首を揺らして、真剣に聞いてくれていた。

「娘が、この移香茶も君が使うナントカって術の一つだと言っていたんだが……」

「香療術です」

「おう、そうそう！　香療術だ」

ぱっと表情を明るくさせた鄒央は、ころころと表情が変わる鄒鈴《すうりん》とそっくりだ。

「いやぁ、奥が深いねぇ香療術。まるでうちの茶と同じだね」

腕組みし深く頷《うなず》く姿からは、彼も自分の『茶』というものに誇りを持っていることが窺《うかが》えた。

「お代のかわりに何かと言ってくださるのであれば、この移香茶をたくさんの人に広めてくださ
い」

「そこは任せてくれよ」

「あ、それともう一つ実は——」

月英が言いかけた時、「どーもー」と気さくな声と共に、店に青年が入ってきた。

短袍に長靴と、実に動きやすそうな格好をしている。

鄒央が青年の顔を見て「ああ」と分かったように頷いたのを見ると、どうやら見知った仲のようだ。

一旦《いったん》奥へ引っ込んだ鄒央が、戻ってきた時に両手に抱えていた包みを、受付台の上に並べていく。

「こっちが東明飯店《とうめいはんてん》で、こっちが猫毬堂《まおまりどう》。それでこっちは四方花店《よもかてん》だ。よろしく頼むよ」

青年は受け取ると、背負った籠《かご》の中に包みを、ひょいひょいと慣れた手つきで入れていく。

その様子を月英が見つめていると、視線に気付いた鄒央があぁ、と説明してくれる。

「彼は配達人さ」

「配達人ですか？」

どうやら、茶心堂のように手広く商売をやっているところは、自分の店で配達を行わず専門の業者に頼んでいるらしい。

そちらの方が、広い王都をあちらこちらと走り回らずに効率が良いということだった。

「うちは、元は手紙を届けるだけの飛脚屋だったんですが、今はこうして荷物も運んでるんですよ。意外と荷物の要望が多くて」

「お互い儲かるねえ」

「おかげさまで」

はっはっは、と二人は肩を叩《たた》いて笑い合っていた。商魂たくましい。

「今、彼に渡したのは茶葉だよ。もちろん、移香茶のも入っている」

「僕もその移香茶っていうの、飲みましたよ。とても良い香りで美味しかったです」

「えっ、本当ですか！　あ、ありがとうございます！」

本当に自分の作ったものが誰かの元へと届けられるのを見ると、嬉しさがこみ上げてくる。

月英の緩んだ口元を見て、鄒央が片目だけをパチッと瞬かせた。

彼にも、月英の今の気持ちが手に取るように分かるのだろう。

「おっと、そういえば月英くん。先ほど何かを言いかけていなかったかい？」

ああ、そうだった。一番大切なことを伝えずに帰るところだった。

「松明花《ベルガモット》の茶葉なんですが、そろそろ作れなくなると言いますか……予想以上の注文量で、香り付けに使っている精油が底をつきそうなんです」

「あぁ、なるほど。だから今回は半量だったんだね」

「そうなんです。松明花《ベルガモット》の実は寒い時期にとれるものなので、今から新たに作るのは難しくて」

「いや、それも仕方ないか。うちもここまでとは思っていなくて、完全に予想外だったよ」

さすがに香療術用の分まで使ってしまうわけにはいかない。

移香茶に使える分は、もうほとんどないと言って良いだろう。

「しかし、じゃあ来年までおあずけ……というわけにはいかないからなあ」

「商売は水物ですからね。一度断流してしまうと、すぐ忘れられてしまいますしね」

どうやら配達人の青年も一緒に考えてくれているらしい。

鄒央と受付台を挟んで、難しい顔をして唸《うな》りあっていた。

「月英くん、この移香茶ってのは他の香りでも作れるのかい？」

「できますよ。もちろん、精油にできるものが前提ですが」

「どうせ同じものができないんだったら、いっそはっきりと別の香りのものがいいなあ」

はっきりと別の香りというと、他に試作した柑橘系は外した方が良いのだろう。

であれば生姜《ジンジャー》か、最初から除外していた花系となるが。

「飲まれる場所次第だと思うので、茶心堂さんの意見を伺いたいんですが……生姜《ジンジャー》の香りと花系の香りだと、どちらが良いですか？」

「おや、花の香りもつけられるのかい」

「あ、だったら僕は個人的にあれが良いです。茉莉花」

新たな発見とばかりに目を輝かせた鄒央が、青年の言葉を聞いて、さらに煌《きら》めきを増幅させる。

「いいね！」とパチンと指を鳴らす鄒央。

「あの花の香りは私も好きだな。甘いから特に甘味処からは喜ばれるだろうさ！　月英くん、茉莉花は精油にできるかい？」

「ええ。確かに茉莉花《ジャスミン》はちょうど今が時期ですし、良いかもしれませんね！」

さっそく月英は、王宮への帰り道に色々な場所を巡り、咲いている茉莉花《ジャスミン》を籠一杯に持ち帰った。

4

茉莉花《ジャスミン》は精油にするまでが少々手間である。

冷浸法を使うのだが、これが数日を要するのだ。精製した豚脂を玻璃《ガラス》板に塗り、その上に茉莉花《ジャスミン》の花びらを一枚一枚並べていく。これを毎日新しい花びらに取り替え数日繰り返す。こうすると豚脂に茉莉花《ジャスミン》の香りが移り、練香が出来上がる。

精油にするには、そこからさらに高濃度のお酒と混ぜて蒸留する必要がある。

実に時間と手間がかかる精油なのだが、その分、何と言っても茉莉花《ジャスミン》の香りは他の花系と比べても重たく濃厚だ。

「ただ精油にすると、ちょっとしか出来ないんだよねえ」

これでは、たくさん花がとれても松明花《ベルガモット》と一緒ですぐに尽きてしまうかもしれない。

しかし、何よりもまずは、お茶と香りの相性の確認である。

「松明花《ベルガモット》と同じ分量じゃ香りが強くなりすぎちゃうから、茶葉と一緒に入れるのはほんの少しにしたし」

そうしてやっと出来上がった、茉莉花《ジャスミン》の移香茶。

淹れたての茶を口に含めば、お茶のまろやかな味わいの後に、鼻腔《びこう》を花の香りが通り抜けた。

「松明花《ベルガモット》の爽《さわ》やかさも好きだったけど、こっちはすごく華やかだね！　ねえ、そう思うでしょ万里も——」

予想以上に良い出来具合に、月英は喜びを共有したいとばかりに振り返った。

「……あ」

しかし、振り返った先にもう一人の香療師の姿はない。

喜びを共有してくれる相手がおらず、月英の跳ねた気持ちは着地点を見失い急激に萎《な》えてしまった。

気持ちと一緒にすっかりと肩を落とした月英。

「そうだった……万里は今いないんだった……」

正確に言うと、万里が香療房にいる形跡はあるのだが、全く遭遇しないのである。

あの日——万里が刑部に行った日から、彼とは顔を合わせていなかった。

「……分かってるよ。ちゃんと話さない僕が悪いんだもん」

つい二人分注いでしまった、手つかずの茶器が虚しさをあおる。

「でも……」

月英は自分の分を飲み干すと、次いでもう一つにも手をつけグイッと飲む。いや、飲むと言うより喉《のど》の奥に流し込んでいた。

そして乱暴に口元を袖《そで》で拭《ぬぐ》うと、月英は香療房の扉を勢いよく開け、外に向かって腹の底からの大声で叫んだ。

「仕事はしろぉぉぉぉぉぉ！　馬鹿万里ぃぃぃぃぃぃぃッ‼」

香療術の施術に移香茶作りと、一人では手に余るのだ。

このままでは過労死してしまう。

「よし。スッキリした」

もやもやした思いも声と共に出て行ったようだ。

「そうだ、どうしたら茉莉花《ジャスミン》の茶葉を大量生産できるか考えてみよ」

存外に腹の中だけでなく、頭の中もスッキリしていた。

「今度から何かあったら外に向かって叫ぼう。そうしよう」

はた迷惑な鬱憤《うっぷん》発散方法を覚えた月英は、清々しい顔をしてさっさと香療房へと引っ込んでいった。


その頃、隣の医薬房では――。

「……馬鹿って言われてるわよ」

「ったく、自分のことは棚上げしてよ」

「でも、ワタシも仕事をしろとは思うのだけれどね」

「仕事はしてる」

万里は春廷が薬研で粉にした薬を、必要量だけ量り取り紙に包んでいく。

「これは仕事じゃなくてお手伝いよ、万里ちゃん。アンタのお仕事はコッチじゃなくてアッチ」

「気持ち悪い呼び方すんな」

「ここに居続けるならずっと呼び続けるわよ、万里ちゃん」

心底嫌そうに顔を顰《しか》める万里だが、薬を包む手は止めない。

何かしていないと落ち着かないのだろう。

そんな様子の万里を、春廷は横目に捉《とら》え鼻から溜《た》め息《いき》を漏らす。

「何の喧嘩《けんか》をしたか知らないけど、さっさと仲直りしなさいよ」

「喧嘩じゃねえよ……喧嘩じゃ……別に……」

口先を尖《とが》らせてぼそぼそと言う弟に、春廷はまだまだ子供だなと苦笑を漏らした。

「まあ、ワタシも人のこと言えた義理じゃないけど。アンタは口下手なんだから、言いたいことは必要以上に言葉にするようにしなきゃ。じゃなきゃ、相手には伝わらないのよ」

「……兄貴ぶんなよ」

「ぶるも何も、ワタシはアンタのお兄様なのよ」

オホホ、と春廷は薬研を肩に担ぐと、手をひらひらと振りながらどこかへと行ってしまった。

「オレだって……」

遠ざかる兄の後ろ姿を見つめ、万里は髪を雑に掻《か》き乱すと舌打ちをした。

◆◆◆

「まあ、美味しいですね。お花の香りですのに全く味を邪魔しませんわ」

「でしょう！　僕も初めて茉莉花《ジャスミン》の移香茶を作ったんですけど、意外と合って驚いたんですよ」

今日は茉莉花《ジャスミン》の茶葉を持って芙蓉宮《ふようぐう》を訪ねていた。

「同じ花系でも、待雪草《スイーファ》とは全く違いますのね」

待雪草《スイーファ》も茉莉花《ジャスミン》と似て甘い濃厚な香りが特徴的な花だが、移香茶にするとその甘みがさらに際立つようになる。お茶単体で飲むのであれば問題はないが、やはり何かと合わせて飲むとなると花独特のクセがどうしても気になってしまう。

しかし、茉莉花《ジャスミン》は移香茶にすると、思いのほかあっさりした香りとなってくれた。

「茶心堂《ちゃしんどう》さんにももう届けたんですけどね、とても喜んでくれましたよ」

「そうでしょう。松明花《ベルガモット》も素晴らしいお茶でしたが、こちらもきっとまた人気になりますわ」

「そうなってくれると嬉《うれ》しいですね」

邑《まち》の人達には、移香茶には色々な香りがあることを知ってもらいたかった。

心を落ち着ける香り、精神を元気づける香り、身体から力みをとる香り。

香りと一口に言っても、その内容は千差万別であり、その日の気分や食事によって飲み分けて、自分のお気に入りの香りを見つけて楽しんでほしい。

香療術の一つである移香茶とは、本来そういうものだ。

「僕のお茶で、邑の皆が笑顔になってくれたら素敵だなあ」

「大丈夫ですわ、きっと」

亜妃は茉莉花茶《ジャスミン》を気に入ったらしく、言葉の合間合間で茶器に口を付けていた。

飲んだ後に、ほっと口元を緩めている姿を見ると、こちらまで嬉しくなる。

すると、鄒鈴《すうりん》が不安そうな声を漏らした。

「でもぉ、確かに今は茉莉花《ジャスミン》の時期でしょうけど、その香り付けに使う精油は足りるんですかぁ？」

鄒鈴の問いに、月英はふふふと得意げに口端をつり上げて笑う。

「それが、実は何とこの茶葉には、精油を使ってないんですよ」

え、と亜妃と鄒鈴は目を瞬かせて驚いていた。

鄒鈴なんかは、信じられないとばかりに茶壺《ちゃこ》の蓋《ふた》を開けて中の茶葉を確認している。

「え、でも、茶葉に茉莉花《ジャスミン》の花びらが交ざっているわけでもないし……じゃあ、どうやってこの香りを付けてるんですぅ？」

「茶葉の、香りを吸収するって性質をそのまま利用しました」

わざわざ一度豚脂に香りを吸着させ精油を作るのではなく、茶葉にも似たような性質があるのだし、豚脂の代わりに直接香りを吸収させてはどうかと考え試してみた。

結果、これが大成功。

おかげで、かなりの時間短縮ができるようになった。

他の花で試したことはないが、恐らく茉莉花《ジャスミン》は香りが強いからできたのだろう。

箱の中に、茶葉と花を交互に数段重ねたものを置いておけば、あっという間だった。しかも、直接花が茶葉に触れていることもあって、精油の時よりも早く香りが移っていた。

「そういうわけで、生産量も確保できそうなんです」

「良かったですぅ」

鄒鈴が安堵《あんど》したように胸をなで下ろしていた。

しかし、一つ解決したらまた別のことが気になり始めたのか、鄒鈴は扉の外に立つ人影に目を向ける。

「随伴の内侍官の方も一緒に飲まれたらいいのにぃ……もったいないですぅ」

今までも何度か一緒に茶を飲まないかと、李陶花《りとうか》などが彼に声をかけてくれているのだが、未だに断られ続けていた。

いつも部屋の外に衛兵よろしく立っているのだ。

「実は僕、内侍省の方々に警戒されているようで……恐らく、だからあまり関わらないようにしてるんじゃないですかね」

「月英様を警戒？　どうしてでしょう？」

「万里を太医院に取ったようなもんですしね」

あはは、と月英は苦笑した。

以前とは違い、随伴役の内侍官も毎回違う人がつく。

その誰もが、月英とは必要最低限の会話しかしなかった。喋《しゃべ》ったら洗脳されるとでも思われているのかもしれない。

百華園に入る時に、随伴の内侍官は札を入り口の衛兵に見せるのだが、「その札って何が書いてあるんですか」って聞いても「文字」としか教えてくれなかった。

だから何の文字なんだか。

「ああ、そうそう。名を聞いて思い出しましたが……」

茶を飲んでいた亞妃が、相変わらずの淑やかな声で月英に顔を向ける。

だが、その瞳《ひとみ》は先ほどまでと打って変わって全く笑っていない。

「もう一人の香療師はちゃんと仕事はなさっているのですか？」

「ぁえっ⁉」

まさかの話題に、思わず声が裏返る。

「あの、一言余計なやぶへび男は」

これで分かるのもどうかと思うが、誰を指しているのか分かってしまった。

月英の視線が亞妃から逃げるように、宙空を彷徨《さまよ》う。

「お話を聞く限り、この移香茶の件は月英様単独でやられている様子ですが？」

「ギクリ」

「わたし、口でギクリって言う方初めて見ましたぁ」と空気を読まずに呑気《のんき》に言う鄒鈴の口を、李陶花と明敬《めいけい》が手で塞《ふさ》いだ。

「まあ、きっとやぶへび男が悪いのでしょうが」

「いいえ、そんなことは……」

「いいえ、悪いのはあの男です。絶対に月英様は悪くありませんわ」

「亜妃様の依怙《えこ》贔屓《ひいき》がすご……もがっ」

言いかけた明敬の口を李陶花と鄒鈴の手が塞ぐ。

「……僕がちゃんと話さなかったのが悪いんです」

「人には話せることとそうでないことがありますもの」

「本当はもう決心が付いてて、話したいんですけどね。でも……すれ違ってばっかりです」

あまりの間の悪さに、呆《あき》れて自分でも笑いが漏れてしまう。

「時は何も解決しませんわ、月英様。解決する時は何かしらの行動があってこそですもの」

彼女がいつのことを言っているのか心当たりがある月英は、今自分がこうして諭される立場になってしまったことに、ははと思わず空笑いが出た。

「リィ様の言葉は重いや」

ふっと亜妃は微笑んだ。

「ただ覚えていてくださいませ。わたくしはどのようなことがあろうとも、月英様の味方ですから。あなた様がいてくださったおかげで、今のわたくしがありますから」

「ありがとうございます、リィ様。元気が出ました」

「月英様の気持ちが少しでも楽になったのなら良かったですわ。わたくし……月英様のことがその……好きですから」

「僕もリィ様のことが大好きですよ」

「まあ、恐ろしい鈍感ですこ……もごっ」

明敬と鄒鈴が李陶花の口を手で塞ぐ。

月英は、しばし亞妃と笑みを交わしあった。

そういえば、と妙に部屋が静かなことに気づき、二人して侍女達の方を向けば、部屋の片隅に変な像が建立されていた。

「……面白い侍女達ですね」

「……ええ、全くですわ」

◆◆◆

月英が茶心堂に茉莉花《ジャスミン》の茶葉を届けた後――。

「さて、茉莉花《ジャスミン》茶か。これは忙しくなりそうだぞ」

鄒央《すうおう》が気合いに腕をまくった時だった。

「こんにちは、荷物を受け取りに来ました」

「やあ、いらっしゃい――って、おや。見ない顔だね、新人かい？」

入り口にはいつもの配達人の青年ではなく、もう少し年上で体格の良い男が立っていた。

「ああ、今までの者が、今回長駆荷の引き受けをしたもので、しばらくは空いている者達でこちらを担当することになったんですよ」

「そうかい、長駆だなんて大変だねえ。まあ、仕事だし仕方ないね。これからよろしくね」

男はがたいの良さに似合わない、子犬のような人懐こい笑みで「よろしくお願いします」と首を上下させた。

「ちょうどさっき新しい茶葉が入ったばかりでね。今度は茉莉花《ジャスミン》なんだ。これがまた良い香りでね」

鄒央は茉莉花《ジャスミン》の茶葉が入った包みを受付台の上に並べては、記載してある宛先《あてさき》を一つずつ読み上げる。

そうして確認が終わると、男へと丁寧な手つきで渡した。

「それじゃあ頼んだよ」

「ええ、任せてください」

男は、背負った籠《かご》に包みを入れると、また人懐こい笑顔をひっさげ茶心堂を出て行った。

◆◆◆

茶心堂に茉莉花《ジャスミン》の茶葉を卸してから数日。

「さて、そろそろ本気で万里に話さないと、いつまでも話す機会が巡ってこないや」

これ以上機会を逃し続ければ、きっとお互い一生わだかまりを抱えたまま、何も言えなく、そして聞けなくなってしまう。

大方、どこで何をしているかの予想はついている。というか、豪亮が時折やってきては医薬房の様子を伝えてくれていた。

「迎えに行かなきゃな」

そうして、月英が香療房ではなく医薬房へと足を向けた時だった。

ドタドタと重い足音をさせながらやってきた衛兵達に取り囲まれたのは。

「えっ！　えぇ⁉　な、ななな何⁉」

物々しい格好の衛兵達の中から、官吏が姿を現し声を張り上げた。

「太医院香療師、陽月英《ようげつえい》！　その身柄を拘束する！」

驚きに声を上げる暇もなく、月英は衛兵達によってあっという間に拘束されてしまった。

【第二章・月英、奔走する】

1

突然の月英《げつえい》の拘束という事態は、各所に多大な衝撃を与えた。


「万里《ばんり》、大変！　月英が連れて行かれちゃったわよ‼」

「はあっ⁉」

医薬房に駆け込んできた兄の放った言葉に、万里は理解できないとばかりの声を漏らした。

「連れてかれたってどこに！　誰にだよ⁉」

どういうことだと万里は、混乱に目を白黒させている春廷《しゅんてい》の身体を揺らす。

「や、薬草園にいたら月英の叫び声が聞こえて、慌てて見に行ったら、月英がたくさんの衛兵に囲まれてて引きずられるようにして連れてかれちゃったのよ！」

「衛兵⁉」

万里は嫌な予感がして急ぎ香療房へと走った。

そうして目にした光景に、万里は走りながら声を上げた。

「待て！　何やってんだよ⁉」

数人の官吏が、香療房から精油を持ち出しているところだった。大量の精油瓶が籠にまとめられ運ばれていく。

万里は血相を変えて、持ち出そうとする官吏の腕を掴《つか》んだ。

「返せよ！　それは大切な仕事道具なんだ！」

しかし官吏は首を横に振り、万里は他の官吏達に無理矢理引《ひ》き剥《は》がされる。

「大体、どこの官吏だよ！　何の理由で精油を持って行くんだよ！　太医院への業務妨害行為だぞ！」

「御史台だ」

万里が眉《まゆ》を怒らせ噛《か》みつかんばかりに吠《ほ》えるも、官吏達はどこ吹く風と表情すら変えない。

「御史台……だと……⁉」

まさかの回答に万里は息を呑《の》んだ。抵抗していた身体からも力が抜ける。

御史台は、官吏の風紀を監察する部省である。

つまり、この男達は御史であり、そこが動いているということは香療房が――月英が何か罪を働いたということ。

一瞬、万里の脳裏に月英の性別の秘密のことがよぎった。

「これらは証拠品として全て押収させてもらう」

しかしそれでは、精油が証拠品として扱われる意味が分からない。

とすると、何か他の理由があるはずだ。

「アイツは……月英は何で拘束されているんですか」

「捜査情報は教えられない」

「――ッアイツが何か罪を犯したんですか！」

「それを調べるのが我らの役目だ。ひとまず、その月英という者は囚人ってところだ」

「囚人……」

言葉の衝撃が強すぎて、万里はふらりと足をよろめかせた。

「これより香療房は、審議の結果が出るまで一切の香療術を使った施術を禁止する。破ればあなたも拘束対象となりますのでご注意を」

御史は精油瓶の詰まった籠を、ガチャガチャと重たそうな音をさせながら持って行ってしまった。

房の中に入れれば、ありとあらゆる棚の戸が開けられ中身は空っぽだった。

「まじかよ」

辛うじて残ったのは『陽《よう》氏《し》香療之術法《こうりょうのじゅつほう》』と書かれた、紺表紙の本のみ。

万里は本を手に取り、記された題字を顔を顰《しか》めて見つめた。

「――っどうなってんだよ！」

万里は本を片手に、香療房を飛び出した。

◇

「どどどどうしましょう、亞妃《あひ》さまぁ！」

両手で自分の頬を押《お》し潰《つぶ》しながら、わたわたと部屋の中を駆け回る鄒鈴《すうりん》。まるで自分の尾を追う犬のような動きである。

「ちちち父から連絡が来たんですけど、いい今王都が、いいいいい移香茶で大変なことになってるようでぇ！」

「鄒鈴、静かになさい」

「声が震えすぎて聞き取りづらいのよ」

李陶花《りとうか》と明敬《めいけい》は目を細めて、『今度は何だ』とばかりに鄒鈴の慌てぶりにやれやれと肩を竦《すく》めていた。

「まあまあ……ほら鄒鈴、茉莉花茶《ジャスミン》でも飲んで落ち着きましょう」

鄒鈴に落ち着きがないのはいつものことだと、亞妃は慌てることなく鄒鈴に茶器を渡す。

渡された茶を、鄒鈴は慌てたまま勢いよくぐいっと飲み干す。

途端に鄒鈴は大人しくなり、ぷは、と口を開けた時にはもう顔はまろやかになっていた。

「美味しいですぅ」

「ですね」

部屋にまったりとした空気が漂う。

しかしそれも、我を取り戻した鄒鈴が再び声を上げるまで。

「――じゃなかった！　大変なんですって、亞妃さま！　月英さまが‼」

「え、月英様が⁉」

月英の名が出たことで、他の三人の表情も途端に引き締まる。

「実は父から、移香茶を飲んだ人達が倒れて、移香茶の取り扱いができなくなったって知らせが来ましてぇ。しかも……」

鄒鈴は腰を落とすと一緒に声も潜める。

「……どうやら食あたりとかじゃなくて、茶葉に毒が混入されてたみたいで」

「えぇ⁉　それってもしかして月英様が移香茶に毒を入れたってこと⁉」

驚きで声を大きくしてしまった明敬に鄒鈴がしーっと指を口に当てれば、明敬は慌てて自分の手で口を塞《ふさ》いだ。

四人の視線が、卓に置かれていた茉莉花茶《ジャスミン》に注がれる。

「そんなわけ……ありませんわ。絶対に」

亞妃の確かな意思のある言葉に、他の三人も力強く頷《うなず》く。

「大体、月英様がそのようなことをする理由がありませんからね」

「自分で言って何ですけど、あたしにも彼はそんなことをする人には見えませんでしたよ。あたし達侍女にも丁寧ですし、何より、彼は亞妃様の心を救ってくださった方ですし」

いですぅ！」

「そうですよぅ！　あんなに一生懸命茶葉の香りを考えてくださった方が、そんなことするはずな

亜妃は視線の注がれた茶器を手にすると、躊躇《ためら》いなく口を付けた。

「あの方はご自分の香療術というものに、ひとかどの矜持《きょうじ》を持っておられます。それを、毒を入れるですって……？　ご自分の術を汚すような真似は決してなさらないはずですわ」

『ならば何故こんなことに』と、四人の沈痛な顔は言っていた。

「後宮《ここ》からでは何もできないのが口惜しいですわ」

眉間《みけん》を険しくした亜妃は、椅子から立ち上がるとそのまま部屋から外へと出た。

暖かな日差しが前庭に降り注ぎ、宮の外からは女官達の華やかな声が聞こえる。空を鳥が渡り、風が新緑を揺らし、池泉が静かに風紋を広げる。

ここは平和と言って差し支えないほどの世界だというのに。

亜妃は遠くに見える、王宮の表とを隔てる大きな後華殿《こうかでん》を見つめた。

「誰かあの方を……」

壁一枚隔てた向こう側の平和を願わずにはいられなかった。

◇

燕明《えんめい》は手に持っていた筆を取り落とし、眦《まなじり》が裂けそうなほどに目を見開いていた。

「それは本当か、藩季《はんき》」

「ええ、おかげで太医院でも騒ぎになっておりまして」

「冗談だろう……げ、月英が拘束されるなどと……」

取り落とした筆を掴もうとしても、手が笑ってしまい指に弾かれた筆はどんどんと逃げていく。

「悪い冗談……だよな……?」

下唇を噛み、藩季に向ける燕明の瞳《ひとみ》は懇願を浮かべていた。

しかし、無情にも藩季の首は横に振られる。

「御史台だけではなく、もう大理寺《だいりじ》まで動き始めております」

逃げた筆がとうとう執務机から落ち、床で音を立てて転がった。

掴むものを失った燕明の右手はしばらく机の上を彷徨《さまよ》い、そしてゆらゆらと己の前髪を握りつぶすかのように掴むことで落ち着く。

「……罪状は」

「申し訳ありません、まだそこまでは……。拘束されたという話を耳にして、まずは燕明様にと思いまして。もう少し調べてからお知らせするべきでした。私も……少なからず動揺しておりまして」

見れば、いつも緩やかな弧を描いている藩季の細い目は薄らと開き、奥に潜む瞳に険しさが見えた。

彼のこのように余裕のない顔を見たのは、いつぶりだろうか。

「いや、よく知らせてくれた。全容を掴もうとするうちに後手に回る方が悪い」

「しかし……たとえ何かを知っても私達が動くことは……っ」

燕明の奥歯がギリと軋《きし》んだ。

「何もできない……か」

前髪を握《にぎ》り潰す手が、そのまま頭に爪を立てていた。

痛みでも感じて紛らわしていないと、激情に任せて今すぐに飛び出していってしまいそうだ。

「クソッ……こういった時に何もできないのか……！」

もどかしさで憤死してしまいそうだ。

目だけを上げて映った視界では、藩季が身体の前で重ねた手に爪を立てているのが見えた。

彼も耐えているのだろう。

「今ばかりは、この地位が邪魔ですね」

燕明の飲み込んだ言葉を藩季が代弁した。

互いに立つ地位は権力を与えてはくれるが、同時に多くの自由と勝手を許しはしない。

「一医官の問題に、俺が介入するわけにはいかない」

「私達は見守るしかできないのですか……私の可愛い娘が……っ、苦しんでいるというのに」

藩季は胸を大きく膨らませ息を吸うと、ゆっくりと長い溜《た》め息《いき》を吐き出していた。

その長さこそが、彼の苛《いら》立《だ》ちの大きさなのだろう。

「……いや」

燕明は前髪から手を離すと、姿勢を正した。

「介入はできないが、知ることはできる」

藩季の顔が上がる。

「俺は、今回の月英の拘束は間違いだと思っている」

驚きにさらに見開いていた目が、スッといつもの細さに戻る。

「当然です」

燕明は傍らに転がった筆を拾い上げ、机に置いた。

「刑部尚書の李庚子《りこうし》を呼べ」

2

ガシャン、と耳障りな音をたてて鉄格子の扉に鍵《かぎ》が掛けられた。

「取り調べまで、ちゃんと正気を保っとくんだぞ」

「え、ちょっと待って！　急にどうしてこんな……っ⁉」

月英を牢屋《ろうや》に押し込んだ衛兵達は「大人しくしてろよ」と言うと、月英の疑問に答えることなく、さっさと牢塔《ろうとう》から出て行ってしまった。

「まさか、正夢になっちゃったとか⁉」

それはまずい。

もしかすると、今頃燕明の元へも衛兵が向かっているかもしれない。

「ああでも、今の状況じゃどうすることもできないし、と、とにかく落ち着かなきゃ」

何よりもまずは現状把握だ。

月英はぐるりと牢屋の中を見回した。

月英が放り込まれたのは貴人用の東の牢塔ではなく、一般用の西の牢塔である。

かつて蔡京玿《さいけいしょう》が収監されていた東の牢塔の部屋よりも随分と質素で、狭い空間に置いてあるのは筵《むしろ》と掛布のみ。牀《寝台》など当然ありはしない。

西側に収監される者は主に官吏や刑部での審議を待つ者達であり、皆、大抵は慣れない悪環境にまず衰弱し音をあげるという。

衛兵の正気を保っておけという言葉は、そこから発せられたものだ。

薄暗く、窓も手の届かない高さに申し訳程度の穴があるのみで、確かにずっとここで過ごすことになれば精神が参ってくるだろう。

しかし――。

「わぁ、僕の家より豪華だ！」

月英は逞《たくま》しかった。


しばらくすると、何やら牢塔の外が騒がしくなる気配があった。

「どうしたんだろう？」

そう思ったのも束の間、牢塔の中に勢いよく青年が駆け込んできた。

青年はキョロキョロと首を巡らし、そして一つの牢屋で月英を見つけると、ガシャンと鉄格子を荒々しく掴《つか》む。

「見つけた！」

「ば、万里⁉」

駆け込んできた青年は万里だった。

「ど、どうして万里がここに⁉」

荒々しいのは掴みかただけでなく、万里の呼吸もだった。

ぜぇはぁと肩を大きく上下させ、掴んだ鉄格子を支えにしている。

よっぽど急いで来たらしい。

「オマエ……なに捕まってんだよ！」

「そっ、そんなこと僕の方が聞きたいよ！」

怒鳴る万里に月英も同じ声量で返す。

二人の大声が牢塔の中で反響し、しばらく耳に煩かったが、音がやめば、万里の驚いたように丸くなった瞳が月英を捉《とら》えた。

「捕まった理由が……分からないのか？」

「そうだよ。急に連れて来られたんだもん」

「そ、そうかよ。オレはてっきり……その……」

「あっ」と、月英は万里が濁した言葉の先に気付いた。

二人とも気まずそうに顔を逸らし、なんとも言えない沈黙が流れる。

「あのね、万里。実は話したいことがあったんだ」

先に顔を相手へ向けたのは月英だった。

「待てって言ってたのに……もう良いのかよ」

月英の声に反応して、万里もおずおずと顔を正面へと向ける。

「うん。待ってもらった時間でたくさん悩んで、それで答えはもう出てたんだ…………誰かさんがいなかっただけで」

ジロリ、と瞼《まぶた》と声を重くした月英に、万里が慌てふためく。

「あぁ、あ、あれは！　先に逃げたのはオマエの方だろうがよ！」

「じゃあ、お互い様だ」

へらっ、と気の抜けた顔で笑う月英。

「――っ！　まったく……」

万里は、はぁと特大の溜め息を吐《つ》くと、鉄格子を握ったままずるずるとその麓《ふもと》にしゃがみこんだ。

「あのね万里。もう気付いてると思うけど、僕……実は……」

「待った！」

月英がそのことについて会話を切り出そうとした時、万里が制止の声を発した。

「万里？」

「……オレに話せなかったのって、オレが信用ならなかったからか」

鉄格子に頭を預けていた万里が、のろのろと視線を月英に向ける。

その日は、雨に打たれた子犬のように心許なく揺らいでいた。

「違う。そんなこと思ってない。ただ……これは僕だけの問題じゃなくて、色んな人に関わってくることだから……言うのが怖かったんだ。言った瞬間、何かが変わってしまうんじゃないかって」

医官服の胸元を握りしめる月英。

「……最初は万が一って思ったよ。怖かったし、最悪なことばっかり考えてた。でも、君はそんな奴じゃないって思い出したんだ。信用してないわけじゃなくて、ただ僕に余裕がなかっただけで——」

「分かった」

言葉を止められ、一瞬月英はビクッと肩を揺らした。もしかしたら、また彼を悲しませてしまったのかと。

「もう、分かったから。だから、それ以上は何も言わなくていい」

しかし、彼が見せた表情は悲しみでも怒りでもなく、穏やかな微笑だった。

「オレは、オマエが話してくれないのが寂しかったんだよ。そんなにオレのこと信用ならないのかって」

「違うよ」

首を小刻みに横に振る月英に、万里は分かっているとばかりに頷《うなず》く。

「でも、そういうわけじゃなかったんだな」

ここ最近ずっと眉間に皺《しわ》が寄った彼しか見ていなかったが、ようやく本来の万里の顔を見ることができた。

万里が眉間《みけん》を開いて笑っていた。

「オレは、オマエがどっちだろうが構わねえよ」

「……っ万里」

「な、月英先輩」

意地悪く目を眇《すが》めて笑う姿は、亞妃の言う『一言余計やぶへび野郎』だった。

亞妃の言葉と目の前の万里の表情に、月英も堪らずに笑みを漏らす。

「ところで何でオマエは捕まってるんだっけ？」

「さあ？」

すると、牢塔の外にいた衛兵が、うるさい足音と共に入ってきた。

「おい！　これ以上はもう駄目だぞ！　賄賂《わいろ》切れだよ」

衛兵は万里を無理矢理立ち上がらせると、太い腕を巻き付けそのまま引きずるようにして牢塔の外へと連れ出す。

「月英！　オマエがいない間の香療房は任せろ！」

「万里⁉」

引きずられる方向とは反対方向に首を伸ばして、万里が叫んでいた。

「何が原因かは分かんねえけど、何かの間違いだって信じてるから！　ちゃんと戻ってこいよ！」

その声を最後に、万里は衛兵に担がれ牢塔の外へと姿を消した。

「……万里……っありがとう」

月英は万里の消えた方をしばらく見つめ、そして――。

「やることないし、寝よ」

寝ることにした。

◆◆◆

「……ぃ、おい！　っいい加減起きろってば！」

「――ッハ！」

月英は、自分の身体を揺り動かす誰かの手と、半ば涙交じりの声によって起こされた。

むにゃむにゃと醒《さ》めない様子で、寝ぼけ眼を手でこする。

「……んあ？　ん……おはようございます」

「いや、神経の太さ！　図太い‼」

「ん、あれ……翔信《しょうしん》殿？　何で僕の家に？」

自分を起こした声の主は、刑部の翔信であった。

右肩に垂らした三つ編みは、幼顔の彼によく似合った特徴だ。

しかしなぜ彼が自分の家に、と月英はこてんと首を傾げ、改めて周囲の様子を窺《うかが》った。

そこで自分が今目覚めた場所が家ではないと知る。

「あぁ、そっか。そういえば僕、捕まってたっけ」

昨日、何が何だか分からないまま衛兵に捕まえられて、そのまま牢屋に放り込まれた覚えがあった。

「お前ってやつは……っ」

「隙間風もなくて僕の家より暖かかったからつい。牢屋ってとっても寝心地が良いんですね」

「月英よう、もちっと危機感持とう？　さすがに牢屋で熟睡は俺でも驚く」

はしっ、と口を押さえて涙ぐむ翔信。

「茶番はそこまででいいかな？」

するると、翔信とは別の声が聞こえて、そこで初めて月英は彼の存在に気付いた。

月英から少し離れた鉄格子のところに、薄闇に紛れるようにして立つ背の高い男。

翔信が慌てて立ち上がり、背後にいた男へと「すみませんでした」と腰を折る。

「月英、今日来たのは、李《り》尚書から直々にお前に話があるからなんだ」

再び月英に目を向けた翔信の目は、真面目なものへと変わっていた。

どうやら、様子窺いというわけではないらしい。

翔信が場所を譲れば、李尚書と呼ばれた男が長い手足を駆動させ、月英の前に立ちはだかる。月英ならば鉄格子からここまで五歩はかかろうというのに、彼の足はたったの二歩でたどり着いた。

地面に座ったまま背の高い彼を見上げれば、まるで神像でも仰いでいるようだ。

燕明《えんめい》くらいに背が高く、しかし燕明のような弾力というか、逞しさはない。

袖《そで》から覗《のぞ》く手や顔からは硬そうな印象を受け、全体的に四角く骨張っている。

「刑部尚書の李庚子《りこうし》だ」

「李……刑部尚書」

四十くらいだろうか。

李庚子の口が動けば、口元に入り始めた皺の彫りが深くなった。

しかし老けたという感じはなく、理知的な顔に乗った片眼鏡とも相まって色気のある貫禄《かんろく》が漂っている。

「あの、僕はなぜ捕まえられたんですか？　何かしましたか？」

まさか女だと気付いた者が他にもいるのかと思ったが、翔信の先ほどの態度を見るに、どうやらそういうわけでもない様子。

あれだけ後宮が女人がと言っていた翔信が、雑に月英《女人》の身体に触れるわけがない。

「移香茶」

李庚子は一言だけ口にした。

「え、移香茶がどうかしたんですか」

「移香茶を飲んだ王都の者達が、一斉に体調不良を訴えた。調べたら毒物が茶葉に含まれていてな」

「毒⁉　そんな馬鹿な！」

李庚子の淡々とした口調が、彼の言葉が冗談や誇張でないことを物語っている。

「ぁあ、あの！　飲んだ方達は今は大丈夫なんですか⁉　体調不良って、まさか死んだり……」

「安心しろ、月英。毒は死に至るようなものじゃなかった。今は街医士達の治療で全員回復してる」

顔を蒼白《そうはく》にして、李庚子の裾《すそ》にしがみついた月英の肩に、翔信が落ち着けとばかりに手を置いた。

月英は翔信の言葉にほっと息を吐き、握りしめていた李庚子の裾から手を離す。

「あ……すみません。裾がシワシワに――」

月英が謝罪に顔を上げれば、そこで李庚子の静かな視線に気付く。

「――っ！」

何かを測るような目をしていた。

あいにく、片方は眼鏡に光が反射してその奥の瞳《ひとみ》は見えないが、片目だけでも充分に彼が訝《いぶか》しんでいるというのが伝わってくる。

思わずゴクリと月英の喉《のど》が鳴る。

「不思議なのはその瞳の色だけではないようだな」

「え」

「君が捕らえられたと聞いて、様々な方面から苦情が入った。だが、刑部としては疑念の余地がある者を、苦情が来たくらいで解放するわけにはいかん。無実だと言うのなら無実という証拠を揃えてもらわないと。それが法治というものだからな」

「あ、あぁなるほど！　僕が移香茶に毒を仕込んだと思われたから、こうして拘束されてるんですね」

「今頃気付くんだ」

翔信がぼそりと呆《あき》れた声を漏らす。

仕方ない。懸念と驚きでそこまで自分のことに頭が回っていなかったのだから。

――良かった。女だってばれたわけじゃなかったんだ。

「えっと、それで話ってなんですか？」

捕らえられた原因を、わざわざ刑部尚書自ら教えに来てくれたわけではないだろう。

翔信の働き方を思い出せば、刑部にそんな余裕などないことは察せられた。

李庚子が左目の片眼鏡をかけ直せば、端に付いた細い飾り紐《ひも》も揺れ、金属特有の涼やかな音を奏でる。

「陽月英《ようげつえい》。条件次第では君に一週間の猶予を与える」

「猶予ですか？」

こてんと首を傾げる。

「自分で自分の無実を証明してみせろ」

「ええ！　証明⁉」

驚きに、月英は再び李庚子の裾に飛びついた。

「本来ならば、御史台が全て調査をするからこういったことは許されないが、今回だけは特別だ」

李庚子の目が、足元で碧《あお》い目を白黒させている月英を捉《とら》える。

「君の身の上を考えれば、確かにこの状況はいささか不公平かと思ってな」

「不公平？」

「何事も公平平等公明正大。それが法治の要である刑部に課された役目」

「でも、無実を証明って……ここからどうやってそんなこと……」

「猶予期間のみ牢《ろう》から解放する」

「じゃあ僕は家に帰れるんですか。香療房にも」

安心したのも束の間、李庚子は首を横に振る。

「それは許されない。もちろん、関係者――調査に不要な者達との接触も控えてもらう。例えば太医院や……皇帝陛下などな」

「陛下？」と月英は首をひねったが、李庚子は言葉を続ける。

「加えて、牢から出られる時間は辰の刻《朝七時》から申の刻《夕五時》まで。出る時は必ずこの翔信を伴うこと。それが条件だ」

「辰の刻から申の刻までっていう時間制限は何でですか？」

「官吏の業務時間だ」

なるほど。残業はさせないと。素晴らしい。

――あれ？　でも翔信殿達っていつも死にかけてたような。

床で死体のように伸びている官吏を見たのは、記憶に新しい。

そんな気持ちを抱いて隣の翔信をチラと見やれば、言いたいことが分かったのだろう。

「業務が終わるってのと、家に帰れるかってのは別問題なんだぜ」と、牢屋《ろうや》の隅よりも暗い瞳をして呟《つぶや》いていた。

「どうだ、陽月英。受けるか」

「……このままだとどうなりますか」

「十中八九、有罪だろうな」

証拠が集められなくても、このままじっとしていても有罪。

ならば、月英の選択肢は一つだけだろう。

「もちろんやります！　汚名挽回《おめいばんかい》です！」

「そんなもん挽回するな。名誉挽回だろ」

「健闘を祈るよ」

李庚子は片口を上げて笑むと、月英が掴《つか》んでいた裾をピッと引っ張り抜いて踵《きびす》を返した。

「行くぞ、翔信」

「あ、はい！　ただ今！」

翔信は李庚子の声に慌てて腰を上げ、小走りでついて行く。

「じゃあ月英、また明日迎えに来るからな」

月英に人差し指を向け、「ちゃんと起きとけよ」と翔信は釘《くぎ》を刺して牢塔を出て行った。

二人が出て行った後の牢屋は、反動でひどく静かに思えた。

先行く歩みの速い上司に、翔信は駆け足で近寄る。

「李尚書、今回のこの特例ってどういうわけですか」

「どういうわけとは？」

「だって、あまりにも突然に言い出されて。御史台も驚いてましたし。むしろ、ちょっと怒ってましたし」

「御史台は自分達の領分を侵されたと思ったんだろうさ。だが、特例と言えど私は今回の措置は間違ってはいないと思うがな」

李庚子は燕明に呼び出しを受けた時のことを思い出した。


『李尚書。これはあまりにも陽月英にとって不利な状況とは思わないか』

『不利と仰いますと？』

『未だにあの者をよく思っていない者がいることは、お前も知っているだろう』

燕明は己の瞳をトントンと指で示した。

それで李庚子も、陽月英という者がよく思われていない理由を察する。

『まあ、それは否定しませんが』

『もし彼をよく思っていない者が嵌《は》めたのだとしたら、刑部は一杯食わされたということになるな』

『その真偽を見極めるのが我ら刑部ですので。そう易々と騙《だま》されはしませんよ』

『さあ、どうかな？　現に御史台は彼を拘束した』

『疑いがあれば拘束もするかと』

全ては裁判で決するのだから、牢屋にぶち込まれた云々はこちらも考慮しない。

『つまり、陛下は陽月英を解放しろと。お気に入りの医官だからと？』

例の香療師が彼のお気に入りだということは、周知の事実だ。

なんせ、彼が推し進める異国融和策を進めるきっかけとなった者なのだから。

所詮《しょせん》、皇帝もこの程度かと李庚子が面白くなさそうに視線を逸らした瞬間、ビリと首筋に緊張が走った。

刺されたと勘違いするほどの痛みに、李庚子は即座に視線を正面へと戻す。

『冗談はそれくらいにしておけよ、李尚書。私が私欲で権力を振りかざすと？』

静かな言い方だった。

だが、喉元《のどもと》に槍《やり》の穂先でも突きつけられているような、緊張感があった。

『……失礼いたしました』

気がつけば、自然と腰を折っていた。

かつての彼は侍中職にいた蔡京招《さいけいしょう》に随分と手こずっており、李庚子は燕明に頼りない印象を持っていたのだが、これは認識を変える必要があると悟る。

『好悪で物事を判断してはならない立場だろう。私も、お前も……』

中々どうして。

『御史台は既に月英が犯人として動いているはずだ。彼らが不公平だとは思わんが、それでもやはり多少なりの先入観はあるだろう。未知の術を怖がる者はまだ多い』

『御史台は自由に動き回れるのに、陽月英は捕らわれ自己保身できる術がないと』

まあ、確かに。

陽月英の身の上を考えれば、今の状況は些《いささ》か不利だと言わざるを得ない。

『なるほど。つまり、反証を集める者達を揃えろというわけですね』

『いや、自分で集めさせろ』

『は？』

陽月英自身に反証を集めさせろということだろうか。

ただでさえ疑われている立場で反証集めなど、絶対に困難を極めるというのに。まだ第三者を奔走させた方が、皆口を開いてくれるだろう。

『疑われたのだから、それを自ら払拭《ふっしょく》するのは当たり前だろう。彼にはまだ味方が少ない。だが、それは彼の責任だ。ここで刑部や私が人を集めるのは簡単だろうが、それでは彼のためにはならない』

驚きで李庚子が二の句を継げないでいると、ふっと燕明《えんめい》は薄く笑った。

『言っただろう。私は全てに平等でなければならんとな』

片眉《かたまゆ》を下げ、どうしようもないといった表情で。

李庚子には、それが自嘲《じちょう》にも見えた。

『詳細は李《り》尚書に任せる。私からはそれだけだ』

そうして、陽月英に今回の提案をする運びとなったのだが。

「まあ、色々なところから意見をもらってな。それに私にも少々思うところがあったし、ちょうど良いかと思ったまでだ」

へえ、と翔信《しょうしん》は頭の後ろで手を組みながら、気の抜けたような返事をした。

「翔信こそ、監視役を引き受けてくれて助かった」

監視役ならば自分の部下からと思い声を掛けてみたのだが、彼以外の部下からは色よい返事は聞けなかった。

なるほど。皇帝の『味方が少ない』と言った意味が分かった。

香療術に日頃世話になってはいても、現時点で不利な相手のために動くには、少々二の足を踏むと言ったところか。

彼らは特に陽月英を嫌ってはいないが、これと言ってハッキリ好きだとも思っていない。

その中、じゃあと手を上げたのは翔信だった。

「まあ他人事じゃないっていうか、月英にはよく世話になってるんで。それに、正直あいつがそんなことするなんて思えなくてですね……」

へへ、と照れくさそうに頬を掻《か》く翔信の姿に、自ずと李庚子《りこうし》の表情も和らぐ。

しかし次の瞬間、李庚子は表情を引き締める。

「分かっていると思うが、肩入れは不公平の始まりだからな。君は刑部の官吏だ。自分の立場を見失えば、君も彼と同じ場所に入ることになると肝に銘じるんだ」

「分かってますって。何年俺が刑部にいると思ってるんですか。大体、李尚書も俺がそんなことする奴じゃないって分かってるから、監視役を了承してくれたんでしょう」

隣からニヤついた目で見上げてくる部下が少々面白くなく、李庚子は少し低い隣の部下の頭を一発はたくことで返事とした。

翔信は「あだっ」と言って、後頭部をさすりながらまだニヤついていた。

「それと正直なところ、一週間業務がサボれるから手を上げたんです」

「ははっ、一週間後皆から袋叩《ふくろだた》きにあわないといいな」

「やめてくださいよ。本当にあいつらやりそうなんで」

翔信の表情からようやくニヤけが消えたのを見て、クツクツと李庚子は喉《のど》を鳴らして笑った。

少し歩速を落とし、李庚子は自分より小柄な翔信の歩みに合わせる。

空を見上げれば、雲一つない青空だった。

「それにしても移香茶なあ……」

「あ、李尚書もご興味が？」

「さてね」

李庚子は口元に緩く弧を描いた。

3

牢屋の鍵《かぎ》が開けられ、月英は二日ぶりの朝日に目を細めた。

しかし、その細めた目も隣の翔信からは分からないだろう。

「うわぁ、懐かしい前髪してるな」

翔信が言ったとおり、月英の前髪はすだれのように目を隠していた。

宮廷でこの髪形をするのは数ヶ月ぶりである。

「さすがにこの目は、邑《まち》ではまだ騒ぎになるでしょうしね」

「その件に関しては、力になってやれなくてごめんな」

眉尻《まゆじり》を落とした翔信に、月英は首を横に振った。

「何事もいきなりは無理ですから。少しずつ……少しずつ知っていってもらえれば充分ですよ」

月英の瞳《ひとみ》が碧《あお》いと知れ渡っているのは、まだ宮廷内でのみ。

『月英くん』と親しげに呼んでくれる茶心堂《ちゃしんどう》の鄒央《すうおう》も、月英の目の色は知らない。

——これで充分だ、今は……。

月英は瞳の色を隠すように、念入りに前髪で目元を覆った。

「さて、じゃあどこから手を付ける？　悪いが俺は中立な立場を守らなきゃいけないもんで、こっちから提案するなんてことはできないんだよ」

王宮の門を出た先で、二人して腕を組む。

目の前には大通りが走っており、民達の賑《にぎ》やかな声があふれかえっている。

「こうして見ると、事件があったなんて嘘みたい」

「王都は他の邑《まち》と比べてもでかいしその分人も多くて、毎日何かしら起こってるからな。今回も死者多数ってなりゃ、そりゃ騒ぎにでもなっただろうが、体調不良くらいならこんなもんさ」

目の上に手でひさしを作って遠望する翔信の横顔を、「そうなんだ」と月英は口を丸くして眺めた。

「今回宮廷がちょっと騒ぎになったのは、官が……特に月英が絡んでたからだろうな。庶人だけの問題だったら大理寺の専決で終わって、刑部までは上がってこなかったし」

「へえ、関わった人によって対処する部省が違うんですね」

勉強になりましたと言えば、翔信は肩口にかかった三つ編みを、誇らしそうに手で背中へ払っていた。

申し訳ないけど、おそらく明日には忘れていると思う。

月英の頭は、香療術関連しか記憶されないようにできていた。

「さて、これ以上王都を眺めてるだけじゃ時間がもったいないですし、まずは茶心堂に行きたいんですけど」

「確かそこって、移香茶の茶葉を預けてたって茶商だよな」

「ええ、亜妃様の侍女さんの実家なんですよ」

「何だと⁉」と翔信が目の色を変える。

「いいねぇ。お父様とお知り合いになって、その侍女ちゃんを紹介してもらいたいもんだ」

「…………」

月英は隣の、恐らく官吏としては優秀なのだろうが女人に対しては欲が先走りすぎている男を、冷ややかな目で見つめた。

「李刑部尚書に、監視役を替えてもらうように言おうかな」

「わぁぁっ、そんな冷たいこと言うなって！　冗談だよ、じょーだん！」

背に縋《すが》りつく翔信に構わず、月英は「はいはい」と茶心堂へと足を向けた。


茶心堂の扉を開けば、受付台の向こうにいた鄒央が月英を目にして動きを止めた。

「げ……月英くん……」

「鄒央さん、今回は迷惑を掛けてしまってすみませんでした」

鄒央が何かを言う前に、月英は入り口で深々と頭を下げた。

最初に移香茶が原因と聞いた時、真っ先に茶心堂に謝りに行かなければと思った。移香茶という未知のものを信じて、広める手伝いをしてくれた鄒央に迷惑を掛けてしまったのだから。

きっと彼は怒っているに違いない。当然だ。だから、月英はどんな罵倒《ばとう》でも受け入れるつもりだった。

下げた頭の下で、月英は唇を噛《か》みしめる。

するとと、バタバタと足音がしたと思えば、足元を映していた月英の視界に見慣れない靴が入ってくる。

「良かったよ、月英くん！　大丈夫だったかい⁉」

次の瞬間、両肩を掴《つか》まれたと思ったら、グイッと折っていた上体を起こされた。

鄒央の予想外の反応に、前髪の下で目を瞬かせていると、彼は矢継ぎ早に言葉を続ける。

「いやぁ、突然王宮の監察御史だって人達がやってきて、君のことを根掘り葉掘り聞いていくんだから。移香茶で体調不良者が出たってのでうちもそりゃあ騒ぎになったけど、何というか、監察御史の人達の剣幕が凄《すご》かったからね。首でも刎《は》ねられてやしないか心配だったんだよ」

まくし立てるように一息に言い終わった鄒央は、そこでやっと息を深く吸い落ち着きを取り戻す。

そして肩を掴んでいた目の前の相手が、気圧されて硬直していることに気付いた。

「ああ、すまない月英くん。大丈夫かね？」

「ナ、ナントカ……」

この怒濤《どとう》の勢い。やはり鄒鈴《すうりん》の父親だなと再確認した。

「——じゃなくて、鄒央さん本当にすみません！　僕、そんなことが起こっていたなんて、つい先日まで知らなくて……」

鄒央の目が丸くなる。

「知らなかったってことは、やはり月英くんの仕業じゃなかったんだね」

「もちろんです！」

力強く肯定に頷《うなず》く月英に、鄒央は安堵《あんど》の息を吐いた。

「やはりか。おかしいと思ったんだよ。移香茶を広めたいと言っていた君が、逆に移香茶を貶《おとし》めるようなことをするだろうかって」

月英はぶんぶんと横に首を振った。

「とすると、偶然体調を崩した者が重なっただけなのか……それとも別の奴が何かしたのか……」

「茶葉に毒が混ぜられていたって聞きました。鄒央さんが知っていることで構いませんから、当時の状況を教えてもらえませんか」

「ああ、いいとも。騒ぎがあった茶屋は『東明飯店《とうめいはんてん》』という大きな店でね――」

鄒央はその時の様子を語ってくれた。

どうやら、体調不良者が出たのはその東明飯店という店だけだったという。

その日、鄒央は月英から届けられた移香茶の茶葉を、注文のあった店ごとに量り分けていた。松明花《ベルガモット》に続き茉莉花《ジャスミン》の茶葉も好評で、香りが変わっても引き続き注文は入り続けていた。

そうして店舗ごとに茶葉を包み終えた時、突然、東明飯店の店主が茶心堂に怒鳴り込んできた。怒鳴っている理由を聞けば、茉莉花《ジャスミン》の移香茶を飲んだ客達が皆、体調の異変を訴えたのだという。

症状は皆同じような悪心や吐き気などばかり。

最初、東明飯店の店主は料理が原因かと思ったが、客の食べたものは皆バラバラで、その中で唯一の共通点が移香茶だった。

これが一人二人ならば偶然ですんだのだろうが、さすがに十人以上ともなると、東明飯店も大事にせざるを得なかった。

「あそこも原因をはっきりさせないと、客にあらぬ噂を立てられるからね。『茶が原因で、うちの料理はまったく問題はないですよ』ってな具合に」

また、その証明のために店主は役所に駆け込んで、移香茶のせいで多くの客が倒れたと訴えた。

そういう流れで、御史台が出張るような問題に発展したのだとか。

「鄒央さん。東明飯店以外での被害は出てないんですか？」

移香茶が原因なら、同じ茶葉を使っているはずの他の店でも、被害が出ていてもおかしくないのだが。

しかし、鄒央は首を横に振る。

「他の店からそういった苦情は出なかったさ。ただ……」

鄒央は申し訳なさそうに、声の調子を落とした。

「東明飯店がそう言ったことで、他の店も一様に移香茶の取り扱いをやめたいと言ってきたんだ」

これぱかりは仕方のないことだ。

たとえ自分のところで問題はなくとも、よそで問題をおこしたものを使い続けようとは思わないだろう。

「ということは、東明飯店の茶葉だけに異常があったってことですよね？」

月英が腕を抱え、口元を拳《こぶし》でぐりぐりと弄っていれば、今まで静かに聞いていただけだった翔信が口を開く。

「茶心堂さん、卸した茶葉の残りなどはありませんか？」

「移香茶は人気だったから、入る度に全部卸してたんだけど……ああ、そういえば！」

鄒央は「ちょっと待っててくれよ」と言って、受付台の向こう——店の奥へと姿を消した。

そうして次に姿を現した時、彼の手には小さな紙包みが乗っていた。

「他の店から返品された茶葉をとっておいたんだったよ！」

包みを開けると、中には少なめだが茶葉が入っていた。

月英は鼻を近づけスンスンと香りを嗅《か》ぐ。

「間違いないですね。茉莉花茶《ジャスミン》のものです」

しかし、こうして香りを確認してみても、何か他のものが混ぜられているような感じはしない。

「見た目も、香りも……僕が茶心堂さんに届《こちら》けた時とまったく一緒に思いますが」

「そうなんだよ。私はいつも茶葉が届いた時には、確認のため、包みごとに必ずその茶葉でお茶を淹れるようにしているんだが……見ての通り元気なもんさ」

鄒央は拳を天井に向けて、両腕を力強く屈伸させていた。

ふんふんと言いながら、あまり太くない腕を見せてくれるところが可愛らしく、思わず月英もクスリと息を漏らす。

「では鄒央さん、この返品された茶葉でお茶は淹れました？」

「いや。君のことは疑っていなかったけど、流石に手を付ける勇気はなかったよ」

「でしたらすみませんが、この茶葉でお茶を一杯淹れてもらえますか」

途端に陽気だった鄒央の表情が渋くなる。

「飲むつもりかい？」

「作った本人ですから」

自分は絶対に毒など入れていないと言える。

しかし、それを他者に証明する物がない。

であれば、自分の身でもって証明するほかない。

「それに最悪でも、体調不良程度ですから」

そう言って笑ってみせれば、鄒央はやれやれと肩を竦《すく》めた。

「本当……娘に聞いていたとおり無茶をする子だよ」

鄒央が丁寧に淹れてくれたお茶が、コトリと月英の目の前の台に置かれた。

興味が勝ったのか、月英より先に翔信《しょうしん》が湯気立つ茶に鼻を近づける。

「はあぁ、これが茉莉花茶《ジャスミン》かあ。すごい良い香りだな」

翔信は香りが気に入ったのか、何度も立ち上る香気に鼻を動かしては、良い香りだと呟《つぶや》いていた。

しかし、あまりに長いので月英が翔信の手から茶器を奪い返す。

やはりその道の手練れなのか、鄒央の淹れる茶はとても美味しいのだ。飲むのなら冷めないうちに飲みたい。

「クセになりそうだな」

翔信の呟きに、鄒央《すうおう》の瞳が光った。

きっと、翔信に新たな顧客になる可能性を見出したのだろう。

根っからの商売人である。

「移香茶は鼻と舌で楽しめる二度美味しいものだからね」

言って、月英はグイと茶器の中のもの全てを一気に飲み干した。

見守る鄒央と翔信の顔に緊張が走る。

しかし、茶器を置いた月英は実にケロリとしていた。

「うん。味は当初のものと変わらないです」

「お、おい、体調はどうだ？　腹が痛くなったりしてないか？」

「全然平気」

「まあ、飲んですぐってわけじゃないだろうしねえ」

鄒央の言葉に「確かに」と二人は揃《そろ》って頷く。

「一応僕の体調は様子見として、やっぱりその時の東明飯店の状況が知りたいですね」

「できれば、店主からも直接話を聞きたいもんな」

「というわけで、鄒央さん。東明飯店の場所を教えてください」

「ついでに店主の名も」

「いや、でもそれは……」

それぞれに言葉を発しながら、受付台の向こうにいる鄒央にズイと顔を差し出した二人。

その瞳《ひとみ》は、絶対に引き下がらないと言っている。

鄒央はしばし困ったように口をへの字に歪《ゆが》め、心許なくなり始めた後頭部をかきむしっていたが、最終的には二人の眼力の強さに、渋々とだが首を縦に振った。

「大通り沿いの大きな茶屋だよ。営業ももう再開しているし看板もあるから、中央あたりから大通りを北上していけばすぐに見つけられるよ」

台から上半身を乗り出して、鄒央は指先で店の外を「出て左」と示してくれた。

「何から何までありがとうございます、鄒央さん」

「……気をつけてね、月英くん」

店の外に出ながら振り返った月英を、鄒央はなぜか曖昧《あいまい》な笑みを浮かべ見送った。

4

教えられたとおり店を出て大通りへと向かい、そこから両側に立ち並ぶ店々の看板を眺めつつひたすら北上すれば、左手に一際立派な店構えの茶屋があった。

意外にも、店の大きさに見合った客入りはある様子だ。

「えっと、店主は何ていう人ですっけ？」

「確か、張朱朱《ちょうしゅしゅ》って名だったはず」

「張朱朱さん、ね」

名を確認し終えると、よし、と二人顔を見合わせて頷き、東明飯店の門をくぐった。

すぐに、月英達の姿に気付いた店員が駆け寄ってくる。

両手に酒杯や皿を持っており、どうやら片付けの途中のようだ。

「二人ですカ。あっちの卓に空きがあったと思うカラ、見つけて座ってくださぁい」

月英より少し年下だろう店員の少女。

兎の耳のように頭の左右で結われた短い髪の毛が、彼女の口の動きに合わせてひょこひょこと躍る姿は実に愛らしい。

彼女の気さくな声掛けに、月英も翔信もうっかり表情を緩めて、「はぁい」と席に着こうとした。

「――って、いやいやいやいや違う！」

「ちょっとお嬢さん待ってー！」

が、寸前で自分達が店に来た意味を思い出す。

駆け去って行こうとする店員の少女を、二人して慌てて引き留める。

「どうしましタ、お客さん？」

少女は、またひょこひょこと兎の耳を揺らしながら戻って来てくれた。

「あのさ、悪いんだけど俺ら客じゃないんだよ」

「僕達ここの店主に会いたいんです。よければ、店主の張朱朱さんを呼んできてもらえませんか？」

「朱朱さんに？」

少女は訝《いぶか》しげに眉《まゆ》を顰《ひそ》め、首を大きく傾げる。

「だ、大丈夫ですよ！　別に悪いことしに来たわけじゃないですし！」

「ちょっと商売のことで話があってだな！」

別に本当に悪いことをしに来たわけではないのだが、いたいけな少女の濁りない眼差しで疑われると、何だか悪いことをしている気分になってくるから不思議だ。

妙な罪悪感に駆られた二人は、怪しくないよ怖くないよ乱暴しないよと、余計に少女の懐疑心をあおるようなことばかりを口にしていた。

どんどんと墓穴の深度が増していく。

そうして、半ば混乱した月英がやけっぱちに言った言葉で、ようやく会話に終わりが見えた。

「僕達、茶心堂《ちゃしんどう》から来たんです！」

ただ出発地を叫んだだけであった。

しかし、それで少女の眉間《みけん》からは険しさが消えた。

「なんだぁ、茶心堂さんのとこネ。最初からそう言えば良いのに」

ケロリとして少女は、元の溌剌《はつらつ》とした表情に戻る。

そして軽やかに踵《きびす》を返すと、店の奥へと駆けていく。耳がぴょこぴょこだ。

「すぐに朱朱さん呼んでくるカラ、二階の個室席で待っててくださぁい」

「あの、どこの席に行けば……」

「好きな席に座っておいてくださぁい」

「はぁい」と、二人は声を揃えて返事した。


店の二階は全て個室席となっていた。

どこの席にすれば良いのか分からず、とりあえず階段から一番近い席に座り、扉を開けて張朱朱の来訪を待つ。

「どうしよう、緊張してきた」

椅子の上で次第に小さくなる月英。

「張朱朱さんってどんな人だろう……筋肉逞《たくま》しい系だったらどうしよう。敵わないよ」

「お前は何の心配をしてるんだ？」

翔信は呆《あき》れた声を出して、椅子の背もたれにゆるりと腕を預ける。

「取っ組み合いをするわけじゃなし。謝罪して当時の状況を聞くだけだぞ」

「いやぁ、やっぱり迷惑掛けちゃったんで、もしかすると怒って突進されるかもって……」

「猪かよ」と、翔信が疲れた溜《た》め息《いき》を吐いた時だった。

階段を上ってくる足音が聞こえてきたのは。

「あんたらかい？　話があるってのは」

ハッとして開け放していた扉に顔を向ければ、そこにいたのは逞しい――

「お……女の人だぁ」

つい腑抜《ふぬ》けた声を漏らす月英。

しかし、それも仕方のない話。月英も翔信も、店主は男だと思っていたのだから。

「もしかして、張朱朱さん……ですか？」

「じゃなきゃ、今ここにはいないよ」

二人して、鳩が豆鉄砲くらったような顔をして彼女を見つめる。

彼女の纏《まと》う着物は独特であった。

首に沿うように角が丸くなった立ち襟に、曲裾《きょくきょ》の袖《そで》は肩から先はない。だが、曲裾特有の身体に巻き付ける仕様はそのままで、彼女の身体の線を惜しみなくさらけ出している。

光の加減なのか、彼女が頭を微動させる度に藍色《あいいろ》が交じる黒髪は、正面からでも突き刺しているのが見える大きな歩揺《ほよう》で一つに纏められている。

実に妖艶《ようえん》だが、不思議なことに女を感じさせない妙な爽快《そうかい》さもあった。

「何だい、そんなじろじろと。あたしを眺めに来ただけかい？」

「いやぁ、その……ちょっと聞きたいことがあるようなないような……」

彼女の独特で威圧的な空気に飲まれて、月英はしどろもどろになる。

「男の子だろうハッキリ喋《しゃべ》んな！」

「ひゃい、すみません！」

まるで女親分を前にした下っ端子分の気持ちだ。

下っ端子分になどなったことはないのだが、きっとこんな感じに違いない。

子分月英、頑張って親分張朱朱に直言する。

「あの、僕達茶心堂から来まして」

「ああ、店員から聞いたよ。何だい、鄒央からの使いかい。それとも詫《わ》びかい？」

「そうです。お詫びがしたくて……」

はあ、と張朱朱はこめかみを小指で引《ひ》っ掻《か》く。

「その件に関しては、もういいって言ったのに……ったく。帰って鄒央に伝えな。詫びなら、雲陽州の高級茶葉をこれからは六掛けで卸してくれってね」

張朱朱は呵々《かか》と笑うと、足先を階段の方へと向けた。

「さてと、これでもあたしは忙しい身なんだ。これで失礼するよ」

「いや違──っ！　あの、張朱朱さん！」

勘違いしたまま戻ろうとする彼女を、月英が腰を浮かせて呼び止める。

「張朱朱だなんて、お役人じゃないんだし堅っ苦しい呼び方しなくていいよ。朱朱って呼びな」

「移香茶を作ったのは僕なんです！」

張朱朱の踏み出した足が、前方へ着地せずに元の場所へと戻ってきた。

「あ？」

たちまち張朱朱の声音に怒気が孕《はら》まれる。

「松明花《ベルガモット》と茉莉花《ジャスミン》の移香茶を作ったのは……僕なんです」

階段を向いていた張朱朱の大きな身体が、ゆっくりと月英の方を向く。

見上げる月英と見下ろす張朱朱。

その対峙《たいじ》を、向かい側で「あばばばば」と指を噛《か》みながら気配を消して見守る翔信《しょうしん》。

「あんたかい。あんな酷いもんを作ったのは」

「ひど……⁉　いえ、そう思われても仕方ないですよね。僕のお茶を飲んで、体調を崩された人がたくさん出たと聞きました」

「ああそうだよ！　おかげでこっちは大変な思いをしたんだ」

「本当に……迷惑をかけてしまってすみませんでした」

月英は勢いよく腰を折った。

しかし鄒央の時とは違い大丈夫だという声はない。

張朱朱は、より低くなった月英の頭を顎先《あごさき》を上げて見下ろしていた。

「何で茶葉に毒を混ぜたか知らないが、客に何の恨みがあるってんだい。それとも、このあたしの城をぶっ壊したかったのかい⁉」

「違います！」

反射で月英は上体を起こしていた。

それだけは、何としても否定せねばならないことだった。

「僕は香療術で作られるこの移香茶が好きなんです。飲んだ人が笑顔になってくれるこのお茶を、邑の人にも飲んでもらいたいと思って、僕が鄒央さんにお願いしました。そんな僕が、自分の術を汚すような真似を、ましてや笑顔が消えるようなことをするはずがないじゃないですか！」

月英が噛みつかんばかりに言い募るも、張朱朱は「はんっ！」と鼻で一笑に付す。

「信じらんないね。実際に体調を崩した客が出てんだよ。役人からも茶葉に毒が混じってたって報告をもらったんだ。どっちを信じるかなんて分かりきったことさ！」

「確かに……毒が混じってたって僕も聞きました……でも、本当に僕はそんなこと……」

どうしたら彼女に信じてもらえるのか分からず、月英の顔は次第に力なく俯《うつむ》いていく。

頭上から呆れとも疲れともとれる、いやきっと両方が含まれているのであろう嘆息が降ってきた。

「坊ちゃん、一つ教えてやるよ。建設的な会話の仕方ってやつを」

淡々とした声だった。

先ほどまでの怒気は感じられない。

しかし、ゆるりと顔を上げた月英に落ちてきた言葉は、酷く冷たいもの。

「気持ちじゃなくて事実だけで話しな」

ここで月英は、鄒央《すうおう》が東明飯店《とうめいはんてん》に行かせるのを随分と渋った理由が分かった。

今、月英が持っている『事実』で、彼女の誤解を解けるようなものは何一つない。全て、月英の言葉と気持ちだけである。

鄒央は彼女のこの性格を知っていたのだろう。

今になって、見送りの際に「気をつけて」と言った本意を理解した。

結果は、見るも無惨なボロ負けである。

「この東明飯店はあたしの夢だ。幼い頃から思い描いてきた夢の城なんだよ。苦労してやっとここまで大きくしたんだ……それなのに、それを奪おうってんなら、いくら子供でも容赦はしないよ」

向けられた張朱朱の目は、野犬のようにギラついていた。うっかり返す言葉を間違えれば、即座に喉笛《のどぶえ》を食いちぎりそうなほどに獰猛《どうもう》な野犬。

声から消えた怒気は全て、目に宿っていた。

腕組みした指先が、苛立《いらだ》たしそうに二の腕を打っている。

「ようやく客足が戻ってきたところなんだ。あんたがあの茶葉を作った張本人ってなら、あたしはこれ以上あんたと関わりたくない。まかり間違って、変な噂をおっ立てられたら堪ったもんじゃないし」

もう月英には返す言葉がなかった。

「……帰りな」

言って、張朱朱《ちようしゆしゆ》は自らが先に階段を下り始めた。

「でも、朱朱さ――」

「気安く呼ぶでないよ。そう呼べるのは、あたしが赦した奴だけだよ」

赦す――それは気なのか、罪なのか。

どちらにせよ、どちらも赦してもらっていない月英には蛇足思考であった。

ぽん、と肩が叩《たた》かれる。

翔信だった。

顔を向ければ、ゆるゆると首を横に振られた。どうやらこれ以上は無理だと言っているらしい。

月英は再び階段へと顔を戻す。ちょうど張朱朱が階段を下り終えたところだった。前髪の下のうつろな瞳《ひとみ》は、店の奥へと消えていく彼女の広い背中をただ映していた。

客の賑《にぎ》やかさに紛れるようにして、月英達は東明飯店を出た。

西の空が燃えるように赤かった。

翔信が背中を優しく叩いてくれた。

そろそろ鉄格子の中に帰る時間だ。

【第三章・それぞれの存在理由】

1

万里《ばんり》は目の前で悠々と茶を飲む亞妃《あひ》の姿に、目尻《めじり》をひくつかせた。

亞妃が呼んでいると知らせを受け芙蓉宮《ふようぐう》にやってきたのだが、当の本人は「呼んでませんが？」という態度なのだ。

部屋の入り口に立つ万里にチラと目もくれず、湯気立つ茶器に息を吹きかけている。

「あの、香療術を所望されてるから呼んだんですよねぇ？」

もしかすると、彼女は月英が来ると思っていたのかもしれない。

なんせここ百華園《ひゃっかえん》は表とは隔絶されている。

月英が今どのような状況に置かれているか知らないのだろう。

『呑気《のんき》に茶なんかすすって、まあ』と万里は心の中で毒づく。

「アイツが来ると思ったんでしょうが、すみませんね、オレで。今色々と表は忙しくてですね、香療術も使えない状況なんですよ。ってわけで、何もできないんでオレはもう帰りますね」

口など挟ませないとばかりに一息に言い切ると、万里は亞妃の返事も聞かずに踵《きびす》を返して部屋を

出て行こうとする。

「本当、何もできない方ですのね」

今日初めて聞いた亜妃の言葉には、棘《とげ》が含まれていた。

「あ？」

さすがにこれには、振り返った万里の声にも険が宿る。

「オレが気に食わないのも分かりますが、今ここにアイツがいないことも、香療術が使えない理由も何も知らないお方が随分な物言いをなさいますね」

去り始めていた足先をもう一度亜妃に向ける万里。

その顔は歪《いびつ》な笑みを描いている。

対して、亜妃はまだ万里を見ようともしない。ただ茶器の中で波立つ水面を見つめるだけ。

万里は気持ちを落ち着かせるために、亜妃から視線を切り、聞こえよがしな溜《た》め息《いき》をついた。

「すみませんが、今はお姫様と無意味な言い合いする時間ももったいないんで……」

「月英《げつえい》様が拘束でもされましたか」

「なっ⁉」

弾かれたように万里の顔が上がる。

「何で……それを……」

「何も知らないでと仰いましたね。では、あなたは月英様がなぜそのような目に遭われているのかご存じなのでしょうか？」

「……っそれは」

フイと万里は顔を背けた。

すると、亞妃の隣にスッと鄒鈴《すうりん》が進み出る。

「月英さまの作られた移香茶によって、王都で体調を崩す者が出たんですぅ。移香茶の茶葉に毒が混じっていたとかで」

「移香茶に毒⁉　それは本当ですか！」

「ええ、月英さまの茶葉を卸した茶商はわたしの実家ですからぁ、情報に間違いありませんよ」

そういえば、王都で移香茶をどうとか言っていた記憶がある。

ただその時は、まだ頭に血が上っていてまともに話を聞けてはいなかった。

「それで今はぁ、真犯人を捕まえるために、刑部の官吏と一緒に王都を駆け回っているそうですよ。父もその手伝いをしているようでぇ」

「あぁ……何となく分かってきたぞ。今回の騒ぎが……」

もっと真面目に話を聞いていれば。

避けずにもっと早く話し合えていれば。

後悔先に立たずとは、まさにこのことだろう。

「廷《てい》の件で充分学んだってのに……っ」

自分は何をやっているのか、という思いが万里の歯を食いしばらせた。

「手を尽くせばこのくらいの情報、容易く集められるものですわ。たとえ、百華園にいようと」

そこでようやく、亜妃の顔が万里を向く。

「それで、あなたは何をなさっているのです？　何か手を尽くされていますか」

グッと万里は声を詰まらせ、前髪をくしゃりと乱す。

「月英様が捕まり、香療術も抑制され……今、あなたは何をなさっているのですか」

「――――ッオレだってアイツを助けたいですよ！　だが、身内のオレら医官が動くことはできないんですって」

証拠のない身内の言葉など、ただのかばい立てでしかない。

下手をすれば刑部の心証を悪くしてしまう。

それ以前に移香茶に関しては、医官はまるきりの門外漢だ。

自分だとて、亜妃の待雪草《スイーフア》の移香茶を一緒に作った程度で、正直知識もさほどない。

「あんな……香療房は任せろって啖呵《たんか》きっといて……はっ、情けねえ」

唇を噛んで感情を露わにする万里に対し、亜妃は冷然としてその姿を見つめる。

「それはあなたの仕事ですか？」

「え」

「月英様を助けることが、あなたの仕事なのかと聞いているのです」

「それは……」

助けたいと思った。どうやったら助けられるか、あれから毎日考えている。

しかし、それは自分の仕事だろうか。

「あなたは誰ですか。何があなたの仕事なのですか」

「オレは……オレの仕事は……」

「私が今日呼んだのは、月英様がいない状況でも、あなたがきちんと香療師であれているかを確認したかったのです」

ですが、と亜妃は上から下まで万里《ばんり》の全身を視線で確かめた。

「何もできない、今のあなたのどこが香療師ですか」

最初に言われた時には腹が立ったが、もう一度言われた今はまったく腹は立たなかった。それどころか、確かにという情けない同意しかわいてこない。

「あなたには、あなたにしかできないことがあるはずでしょう――」

亜妃の灰色の瞳が万里を射貫く。

「――香療師の春《しゅん》万里様」

亜妃が口にした名は、万里のぐちゃぐちゃに散乱していた思考に中心を与えた。

身体の中に一本の矢を突き立てられたように、そこを中心として急速に思考がまとまっていく。

「それとも、一言余計やぶへび男……とでもお呼びした方がよろしいでしょうか？」

亜妃が目元で微笑んでいた。

それはいつもの皮肉ったものではなく、純粋なただの笑み。

「ふざけんなですよ。オレは……オレは、香療師の春万里ですからね！」

今、自分のやるべきことがハッキリと定まった。

「香療術ができない香療師なんて笑いぐさだもんな」

空になった香療房を元に戻す必要がある。

いつでもすぐに再開できるようにするために。

「でも、道具が……いや、たとえ道具があっても精油作り自体が禁止されてる中じゃ、見つかった瞬間オレも投獄されかねねぇし……あークソッ！　竈一つまともに使えやしねえ！」

今、香療房の中には何も残っていない。すべて押さえられ、鍋《なべ》一つないのだ。

「医薬房……は一緒だ。食膳処《しょくぜんしょ》も厳しいだろうな。冷浸法なら……ってダメだな。最後はやっぱり蒸留が必要になってくるし、いっそ実家で……」

ぶつぶつと一人、万里は竈が使えそうな場所を探す。

すると、亞妃の控えめな咳払《せきばら》いが聞こえた。

「これは独り言なのですが」

そう言う亞妃の声は、しっかりと万里の耳まで届く大きさだ。

「それぞれの妃妾《ひしょう》の宮には竈が備えられていまして。ああ、元内侍官様ならご存じでしたでしょうけど」

万里の眼がみるみる大きく開いた。

わざわざ独り言と前置きして、すまし顔で手を差し伸べている目の前の姫に、万里の口元も自ずと弧を描く。

「お姫様……いえ、亞妃様。お願いがあります」

万里は居住まいを正し、亞妃に向けて拱手《きょうしゅ》を仰ぐ。

「芙蓉宮の竈を貸していただけませんでしょうか」

そうすれば、冷浸法の精油だけでも作れる。

「竈だけでよろしいのですか」

「そりゃあ道具もあったら助かりますけど。でも、香療術の道具は変わったものが多くて……」

だから、冷浸法で作れるものだけをと思ったのだ。

蒸留法の道具には、豚の胃袋やら玻璃《ガラス》管やら変わったものが多く、すぐに揃えるのは難しいだろうと。

「わたくしを誰だと思っているのです」

しかし、亞妃は余裕のある笑みを見せた。

「白国《ツアスト》の姫であり陛下の第三妃ですよ。望んで手に入らないものはありませんわ」

思わず万里は噴き出した。

「随分とまあ、図太くなって」

「そう生きろと教わりましたから」

誰に、とは口にしなくても良かった。

きっと今、脳裏に思い描いている者の姿は同じなのだから。

◆◆◆

静かに執務室に入ってきた藩季《はんき》に、燕明《えんめい》は視線と一緒に声を向ける。

「それで月英の様子は」

「刑部の官吏と一緒に、何度も問題の起こった店を訪ねているのですが……」

「が……上手くいっていないという顔だな」

藩季は肩を竦《すく》めることで是認とする。

燕明は月英が投獄されたと知った時から、密かに藩季を月英の護衛に付けていた。

「本当ならば俺自身が動きたいところだが……」

「これればかりはどうにもなりませんからね」

「権力と自由は併存しない……か」

「もどかしいな」と、燕明は拳《こぶし》を握った。

「茶に毒、なあ。しかもこれが月英の作った移香茶だという。王都に出回っている茶の量を考えれば、故意に移香茶が狙われた可能性が高いな」

ただ店や客を苦しめたいのなら、もっと流通量の多い茶を選ぶはずだ。

わざわざ出始めで量も少ない移香茶だけにたまたま毒が盛られたとは、楽観的に考えても偶然とは言いづらいだろう。

「香療術を城下にも、と広げようとした矢先でしたね」

燕明の拳を握る掌に爪が食い込む。

「なぜあいつにばかり、こうも問題が降りかかるんだ。俺は月英にこんな思いをさせるために宮廷に入れたんじゃない。少しでも……幸せになってくれたらと……っ」

あまりに悲惨な生い立ちの月英。

彼女は、国が作り出してしまった不幸を凝縮させたような者だった。

「もう充分だろう、あいつが苦しむのは……。あいつにはただ笑って、自分の思うとおりに生きてほしいだけなのに。どうして皆邪魔をするんだ」

「良くも悪くも彼女は誰よりも特別ですからね」

目立ってしまうのだろう。

こと、碧《あお》い瞳《ひとみ》を露わにしている宮廷内では特に。

「救いなのは、今の月英殿の周りには、彼女に好意を持った者の方が多いということですね」

「最初は好意とはとんと無縁だったがな」

月英が臨時任官された初日の様子を思い出して、燕明は小さく肩を揺らした。

恐らく向かいに立つ藩季も、同じ場面を思い出しているのだろう。代わり映えしない胡散臭《うさんくさ》い笑顔が、少し濃くなっていた。

「それも今では、月英の心強い仲間だからな」

紆余曲折《うよきょくせつ》はあれど、今向けられている好意は全て、彼女が自ら関係を築いてきた結果だった。

目をそらさず、心を偽らず、相手と真っ直ぐに向き合い、味方を増やしてきた――そんな最中に、今回の出来事だ。

「計ったように邪魔が入る」

「それでも彼女は決して諦《あきら》めません。今回だとて、やろうと思えば彼女はあなたに助けを求めることもできたはず。しかし、一言もそんなことを口にしなかった……父親である私の名すらも……」

撫《な》でるようにして自分の腕を掴《つか》んでいた藩季の手が、ぎゅうと握る力を強めていた。

「存外、寂しいものですね……頼られないというのは」

ぼそりと足元に向かって呟《つぶや》かれた藩季の言葉は、燕明の言葉でもあった。

爪が食い込み、これ以上握れないとは分かっていても、燕明の手の力は増すばかりだ。

「誰にも頼らず……いえ、頼るということができなかった彼女は、見ている方がもどかしくなるほどです」

「きっと、我々が知らないだけで、命の危機など何度もあったのだろうな」

今回の件では、状況を聞くに恐らく命の危険はない。

しかし、香療師としての命が絶えようとしているのは間違いなかった。

もし、このまま月英が反証を集めることができず、毒を盛った犯人が月英とされた場合、恐らく徒《ず》刑《けい》相当だろう。

官が民に毒を盛ったという点、大理寺が専決せず、刑部が出張ってきていることを考えると、笞杖《ちじょうけい》刑で済むということはない。

徒刑――強制労働か、もしくは徒刑の代わりの除免官当《じょめんかんとう》――官職の剥奪《はくだつ》か。

どちらにせよ、香療術が日の目を見ることはなくなるだろう。

宮廷を去り行く月英の背中を想像したら、胸が痛くなった。

「……頼ってほしいと願うのは、万民の皇帝としては失格だろうか」

燕明の自嘲《じちょう》じみた苦笑は、どこか投げやりだった。

「思うのは自由ですから」

皇帝と燕明個人という葛藤《かっとう》に、藩季は優しい答えを与えた。


藩季が知る燕明の生い立ちも、決して良いと言えるものではなかった。

確かに彼は飢えることはなかったが、平民が想像する、怠惰を謳歌《おうか》したような煌びやかな生活を送ってきたわけでもなかった。

だから彼は、殊更月英を気に掛けるのだろう。

「私がクソ爺《じじい》に拾われ、幼いあなたの護衛役として付けられた時は本当……出会った頃の月英殿よりひどい、死人のような顔をしていましたね」

「孫二高《そんじこう》もよくお前みたいな悪たれを俺の護衛にしたもんだよ」

初対面で「ガキのお守《も》りかよ」と舌打ちされたのは燕明の良い思い出――いや、忌々しい思い出だった。

「だが、あの頃の俺には、お前のその裏表ない態度が良かったんだろうな」

藩季が出会った頃の燕明は、まるで老爺《ろうや》が子供の皮を被っているかのようだった。

他人の腹の中を探り、言葉の裏の意味を読み、表情の嘘を看破する。

それが、彼の当たり前であり日常であった。

たった七年しか生きていないというのに、大往生目前のように疲れ果てた彼の姿を見る度、藩季の中から『お守り』という意識は消えていった。

お守りなど、燕明はまったく必要としていなかったのだから。

そこで藩季は、なぜ自分のような素性も知れぬ悪党が燕明に付けられたのか察した。

そういったことをしないで良い相手が必要だったのだろう。

「実に子供らしくないあなたに、私はいつももどかしく思っていましたよ。もっと私を頼れば良いのにと」

しかし、皇子という矜持《きょうじ》が頼ることを良しとしなかったのか、それとも誰かを頼ることで弱いと見下されたら危険だと思っていたのか。

恐らくはどちらもだろう。

「今の俺は、あの頃のお前ということか」

藩季は鷹揚《おうよう》に頷《うなず》いた。

「月英殿もまだ頼り方が分からないだけです。もどかしいのも分かりますが、いつか必ずこちらに目を向けてくれますよ。彼女の周りにはもう太医院や芙蓉宮《ふようぐう》、そして我々がいますから」

「ああ、もうあいつは一人じゃないのだからな」

藩季はええ、と眉《まゆ》をなだらかにした。

「だが、少し訂正があるな。今の俺とかつてのお前とが同じ立ち位置だと言ったが、俺はあの時のお前のような凶悪な面はしていない」

「そうですよね。失礼いたしました」

「そうだろ――」

「陛下は狸《たぬき》でしたもんね。私にはとてもあのようなアホ面は真似できませんし。同じなどと、とてもとても……ぷっ」

「藩季、貴様ぁぁぁぁぁッ！」

2

「何度来られても同じだよ！　商売の邪魔だからさっさと出て行きな！」

張朱朱《ちようしゆしゆ》に首根っこを掴まれた月英と翔信《しようしん》は、ぺっと店から追い出されてしまった。

待ってと振り向くも、来るなとでも言うように、店の扉が目の前で強く閉じられてしまう。バタン、と大きな音を立てた格子飾りの美しい扉は、もうウンともスンとも言わない。

「じょ、女傑《》～」

地面で尻餅《しりもち》をついていた翔信は、掴まれていた首後ろをさすりながら、閉められた扉に目を丸くしていた。

「やっぱり今回も駄目だったか」

同じく地面に尻餅をついたまま、がっくりと項垂れる月英。

「まあ、仕方ないさ。そりゃあ、自分とこに損害を与えたって思ってる相手を、歓迎する馬鹿はいないからな。信じてもらうのも簡単じゃないさ」

「もう三日なんですけどね……困ったな、時間もそんなにあるわけじゃないし」

期日の一週間後まで、あと四日。

何の手がかりもないまま、既に半分が過ぎようとしているところだった。

「ちょっと、現状を整理してみようぜ。行き詰まった時は最初からってね。これ、刑部の鉄則な」

翔信は、立てた人差し指を月英の顔の前で揺らした。

「まず、移香茶の茶葉に毒が混ぜられた」

「はい。それで茶葉を作った僕が犯人だって疑われてます」

二人は腕組みしながら向かい合い、うんうんと脳内で記憶を巡らせる。

「まあ、一番可能なのが月英だもんな。他に考えられるのは、東明飯店《とうめいはんてん》で混入されたって説」

「僕も最初はそう思ってましたが、あの張朱朱さんの態度を見るに違うような気がするんですよ」

「確かに。彼女が、自分の店の評判を落とすようなことをするとは考えづらいな」

元々、今回の件に関しては目的が分からないのだ。

誰を狙ったものなのかもハッキリとしない。

「じゃあやっぱり、僕の手から東明飯店に渡るまでの間に混ぜられたってことですかね」

ふむ、と翔信は顎《あご》を撫でながら空に視線を飛ばす。

「だとすると……一番怪しいのは茶心堂《ちゃしんどう》の店主……ってことになるな」

顔を月英に戻した翔信と視線が絡むと、二人して肩をすぼめて長嘆した。

「何か、事件って嫌ですね。疑いたくない人を疑わないといけないだなんて」

「だろ。刑部じゃこれが毎日だぜ？　今回と違って、いつもは部外者だからまだマシだけどさ」

「刑部の皆さんが死体になるのも分かりますね」

「待て。まだ死んではない」

精神を日々摩耗しているのなら、頷ける状態ではあった。

翔信も「まだ」と言うあたり、いつかは死にそうだなと思っているのだろう。

すると、「あっ」と翔信が何か思い出したような声を上げた。

「そう言や、お前って体調大丈夫なのか？　あの日、茶心堂で例の茶を飲んだだろう？」

東明飯店で騒ぎが起こったせいで返品された茉莉花《ジャスミン》の茶葉のことだ。

月英自身も飲んだことをすっかり忘れていた。

「まったく何ともなかったですよ。この通り元気ピンピン普通のお茶」

両腕を上げ、力こぶを作ってみせる月英。

「ちっとも元気さが伝わってこない平坦《へいたん》さだな、お前の腕。可哀想になるわ」

「哀れむくらいなら肉饅頭《にくまんじゅう》をおくれ」

上げた両手を掌を上にして、翔信の目の前に差し出せば、間髪容れずスパーンとたたき落とされる。

「可憐《かれん》な女人以外におごる余裕などない」

「官吏が吐いていい台詞じゃない」

一点の曇りもない眼だった。彼の闇を垣間見た。

一体彼の給金は何に消えているのか。そんなに安いはずがないのだが。

「──って、そんなことはどうでもいいって！　返却された茶葉が普通だったたってことは、やっぱり東明飯店のだけがおかしかったのか？」

「鄒央《すうおう》さんは、他の茶屋に被害はなかったたって言ってましたけど、もしかしたら鄒央さんに言わなかっただけとか、被害者が少なくて分からなかったとかって可能性もありますね」

翔信は肩に垂れていたボサボサの三つ編みを解くと、髪をわしゃわしゃと自ら乱す。

「んーじゃあ、卸してた店全部に聞いて回るとするか」

言いながら、翔信の手は器用に再び三つ編みを作っていく。

あっという間に髪を綺麗《きれい》に整えた翔信は、肩に下がる三つ編みを背中へと弾いた。

「しらみ潰《つぶ》しだが、ここでこうして地団駄踏んでてもしょうがないしな。やれることから手を付けてくぞ」

「そうですね、じゃあ一旦《いったん》鄒央さんに卸先を聞きに行きましょう」

先ほどはたたき落とした月英の手を、今度は翔信自ら掴み、地面から立ち上がらせる。

「ありがとうございます、翔信殿」

「監視役なもんでね」

肩をすくめて仕方ないように言う翔信だったが、その表情は照れくさそうだった。

「お客さん、店の前で友情深めないでヨ。深めたいなら河原で拳交《こぶし》わしてきてくださぁい」

開いた店の扉の隙間から、店の女の子の顔が覗《のぞ》いていた。

「はぁい」と二人は河原へ向かいそうになった足を、慌てて茶心堂へと向かわせた。

◆◆◆

今や、牢塔《ろうとう》への道が月英の帰路であった。

時刻は申の刻少し前。

先ほどそこで翔信と別れた月英は、とぼとぼとした足取りで冷たいのか暖かいのか分からない仮の自宅へと向かっていた。

「うぇぇ……疲れたぁ」

下民区から毎日王宮まで通い、その広さは前々から知ってはいたが、今日は改めて王都の広大さを思い知らされた日となった。

鄒央から聞いた店を一つずつ巡って、西に東に北に南にとまさに縦横無尽に駆けずり回った。途中で、今自分がどちらへ向かっているのか分からなくなって、危うく迷子になりかけもした。

しかし、その甲斐《かい》あって一つの確証が得られた。

「東明飯店以外の茶葉は無事でよかったよ、本当」

それぞれの店を訪ね店主に事情を話すと、皆渋い顔をしつつも色々と教えてくれた。

茶葉をそのまま店に保管しているところもあれば、捨てたというところもあった。

しかしどちらにせよ、聞いて回った全ての店で、移香茶を飲んだ客で体調不良者が出たということはなかったようだ。

「被害が広まらず良かったとは思うけど、前に進んだ感じはしないな」

どっと襲ってきた疲労感が、月英の小さな背中を前傾させる。

各店巡って分かったのだが、どうやら移香茶を取り扱っていた店で一番大きなのが東明飯店だった。

まあ、大通りにあれほどの立派な看板を下げた店なのだ。納得ではある。

今日回った店はどれも中心から外れた場所や、路地に面した店ばかりだった。

「まあ、だからこそ、騒ぎになっちゃったんだろうけど」

これが、その他の路地の店であればそこまでの被害も出ず、ただの体調不良だと移香茶も調べられず流れていただろう。

「茶葉に毒が混ぜられてたわけだから、絶対にどこかで入れられた形跡があるはずなんだよね」

移香茶が客の口に入るまでの流れは恐らく、『月英―茶心堂―各茶屋―客』だ。

必ずこの隙間、もしくはそれぞれの地点で何かしらが起こっているはずなのだ。

「どうやって混ぜられたっていうんだろう。やっぱり鄒央さんか張朱朱さんか……ってその二人は考えにくいしなあ……」

ぶつぶつと思考を吐き出しながら、歩く月英。

その目は半分閉じかけている。

「あ、駄目……頭が上手く回んないや」

さっきから同じことばかり考えているような気がする。

そうこうしている内に、牢塔が見えてきた。

外朝の西端にひっそりと佇《たたず》む牢塔の周囲は木々に囲まれており、外朝内からは目立たないようになっている。

「はぁ……夕飯食べたらさっさと寝よう」

腹から、ぐきゅうるるぅと虚しい鳴き声が聞こえる。

「でも、ちょっと夕餉《ゆうげ》の量が少ないと思うんだよね」

脳の回転率が著しく落ち、すっかり自分が囚われの身であることを忘れている月英。

「今回は急だから仕方ないけど、次回までには改善してもらわないとぉおおおおっ!?」

どこから目線か分からないことをブツブツ言っていると、突如、月英の身体が右に倒れた。

「むぎゃ!」

否、茂みからにゅっと飛び出てきた腕に掴《つか》まれ、脇の茂みの中へと引っ張り込まれた。

「え!?　なになに――って……」

何事だと驚きに顔を上げれば、目の前にあったのは白皙《はくせき》の美貌《びぼう》。

「へ……陛下⁉」

月英を茂みに引っ張り込んだのは燕明であった。

木の幹に背を預けた燕明は、立てた膝《ひざ》の間にすっぽりと月英を収める。

「次回って……お前はまた捕まるつもりか」

やめてくれ、と燕明は額を押さえて溜《た》め息《いき》をついていた。

「陛下、どうしてここに――あぶっ！」

「声を落とせ。衛士に気付かれる」

ベチンと大きな手で、口どころか顔全体を覆われ言葉も視界も奪われる。

なぜ衛士に気付かれてはならないのか、と言葉を発せない月英は首を傾げた。

「お前との接見が禁止されてるんだよ」

なるほど。


――………ん？


一瞬納得しかけたが、まったくなるほどではなかった。

つまり、彼は接見禁止だというのに、わざわざ会いに来たということだろうか。

月英の顔を押さえていた燕明の手がゆっくりと離れていく。

そうして開けた視界の中に現れた燕明の顔を見て、また月英は首を傾げることになった。

「陛下？」

僅《わず》かに逸らされた燕明の顔は、悲しそうに顰《しか》められていた。

しかし、月英は悲しそうと思ったものの、燕明の眉間《みけん》に刻まれた深い筋や引き結ばれた唇が、哀感からくるものなのか、悔悟からくるものなのかの判別はつかなかった。

「すまない」

結ばれた燕明の唇から発せられた言葉は、声の出し方を忘れたかのような頼りなさだ。

「何がですか？」

月英の首は傾きっぱなしだ。

次の瞬間、月英はまた燕明の手に引っ張られていた。しかし、今度倒れ込んだ場所は地面ではなく、温かな燕明の胸。

痛いくらいに両肩を抱きしめられ、首筋を彼の絹糸のような髪が滑り落ちる。

「――っお前がこんな状況なのに、何もできなくてすまない」

ああ、そういうことか、と今度こそ月英は納得した。

「陛下が謝ることじゃないですから」

「それでもだ」

肩口に埋められた燕明の顔は見えないが、声が変わらずに弱々しいところを聞くと、やはり顰め っ面《つら》なのだろう。

「そりゃあ、こうなったことは驚きですし、移香茶を誰かに汚されたのはとっても悲しいですけど。でも、こうして反証の機会を与えてくださったのは、多分陛下ですよね？」

「…………」

自然と月英の手は、燕明の背中を撫《な》でていた。

日向ぼっこする猫太郎達を撫でるような柔らかな手つきで、何度も皇帝の背中を往復する。

「ありがとうございます、陛下。もしあのままだったら僕、わけも分からないまま宮廷を去ることになってたと思うんで」

彼は何もできなくてと言ったが、正直、この状況は充分すぎるほどだ。

一度捕らえられた囚人が、監視付きとはいえ王宮の外を出歩けるなど、普通ならばあり得ないだろう。

「きっと陛下は、僕の知らないところで色々と頑張ってくださったんでしょう？」

「…………」

いつもはうるさいくらいに相づちや小言を詰めるのに、どうやら今回に関しては無言を貫くつもりらしい。否定しない時点で、無言は肯定と同じだというのに。

相変わらず月英の手は燕明の背中を撫で続け、燕明は月英を腕の中に閉じ込めている。

最初は自分と違う体温に、相手との境界線を感じていたが、その線もじわじわと曖昧《あいまい》になってきた。

「大丈夫ですから」

身体がぽかぽかする。

「今、刑部の翔信《しょうしん》殿と一緒に、僕が犯人じゃないって証拠を探して回ってますから。大丈夫。だって、僕じゃないんですからきっと証拠は見つかりますって」

そこでようやく、のろのろと燕明の頭が持ち上がる。

「月英、何か俺にできることはないか」

月英の肩を抱きしめていた燕明の手は今、月英の両手を握っていた。

「駄目ですよ。陛下は皆の陛下なんですから。これ以上を望んだら、それこそ罰《ばち》が当たっちゃいますって」

「本音を言うと……俺はお前だけを特別扱いしたい」

月英は微苦笑した。

「だから駄目ですって。嬉《うれ》しいですけど」

「万民の皇帝として間違った発言だと分かっている。だが、それでも俺はお前だけを誰よりも大切にしたいんだ」

「充分ですから」

与えられすぎている、という自覚もある。

「この皇帝という椅子も、お前がいたから座れたようなものなのに……その椅子が今、とてつもなく邪魔で仕方ないんだ……っ」

ああ、彼は今もどかしさを感じているのだ、と月英は燕明の表情の意味を知った。

「陛下から玉座をとったら、ただの変態美丈夫じゃないですか」

「なんだと⁉　お、俺のどこが変態だ⁉」

美丈夫は否定しないのか。

さすが『萬華国《ばんかこく》の至宝』だ。

自尊心が高くて素晴らしい。

「僕は変態美丈夫に認められたいわけじゃなくて、陛下に認められたいんです。だから、陛下はずっとその椅子に着席をお願いします」

「だからお前……俺のどこが変態なんだ。失礼な」

「えーと」と月英はわざとらしく顎《あご》に指を添え、赤く染まり始めた空に視線を飛ばす。

「初対面で首筋の匂いを嗅《か》がれたりー、急に抱き上げられたりー、あぁ、あと半裸で背後から抱きしめられたってのも――」

「わあああああっ！　待て待て待てそれは……っん⁉」

月英は燕明の反応にクスクスと肩を揺らしながら、人差し指を彼の唇に置いた。

「静かにしないと。衛士に見つかっちゃ駄目なんでしょ？」

カッと目尻《めじり》を染めた燕明は、月英の指から逃げるように顔を逸らす。

「そして、一番変態だなって思うのは、僕にこんなに心地良い居場所を与えてくれたところですかね」

「……その居場所は、お前自身で手に入れたものではないか」

チラと目だけで月英を窺う燕明の口先は尖《とが》っており、それにまた月英は笑みを深くした。

「ええ。でもやっぱりその時の機会も、陛下が与えてくれたんですよね」

今回のように。

「陛下が陛下でいてくれるからこそ、僕は安心してこの国で生きていけるんです。僕のためを思ってくれるのなら、その椅子を邪魔だなんて思わないでください」

「お前はまったく……」

身体が温かいからだろうか、気分までふわふわしてくる。

気分の高揚に任せてへらりと相好を崩した月英に、燕明もようやく薄い笑みを浮かべた。

「へへ、何だか久しぶりに陛下の顔を見たら安心しました」

ふあぁ、と月英は大きな口を開けてあくびをする。

「眠いのか？」

「う……多分？」

「多分とは何だ、多分とは。自分の身体だろう。大体お前はいつも自分のことは――」

どうやら燕明もいつもの調子に戻ったようだ。

小言がうるさい。

「李《り》尚書から聞いている。申の刻までに戻れば良いんだろう」

目をさすりながら、月英はこくりと頷《うなず》く。

「時間が来たら起こすから、眠いんだったら少しここで寝ておけ」

それはさすがにと思いつつも、身体は石のように重く、立ち上がる気力すらわかない。

ふらふらと上体を揺らしていれば、燕明の手が優しく月英を己が胸の方へと押し倒した。

ちょうど良い硬さと温かさが、みるみる月英から思考力を奪っていく。

「……じゃあ……お言葉に、甘えて……」

ふあ、とまた大きなあくびが出る。

たちまち、目にせり上がってきた涙と一緒に、眠気までもが一緒に上がってくる。

ジンジンと頭が痺《しび》れたような感覚がして、瞼《まぶた》が重くなる。

頭上でふっと笑う気配がして顔を上げれば、狭まる視界の中で、燕明が笑っていた。しかも何がそんなに嬉しいのか、今まで見たことがないくらいのふやけた笑顔だ。

よくは分からないが、眠気に浸食された頭ではまともな思考ができないのも当然のこと。

つられて月英も、わけも分からずへへと嬉しくなった。

「陛下……ぼくずっと……、そば……に、た……ぃ」

もう一度あくびをすれば、月英の上下の瞼は完全にくっついた。


余程疲れていたのだろう。すぐに、すーすーと心地よさそうな寝息が聞こえてくる。

「～～っこいつ……最後に最強の殺し文句を……」

顔を手で覆えば熱かった。

恐らく赤くなっているに違いない。

「……藩季がいなくてよかった」

きっと事細かに日誌に書かれ、末代まで揶揄《からか》いの種にされていただろう。

燕明は手で熱くなった顔を扇ぐと、次にその手で月英の前髪を払った。

手入れする者がいないからか、すっかり以前のような髪に戻ってしまっている。

閉じられた瞼の下には、この国で一番美しい色が隠されているのを、燕明はもう知っている。

燕明だけではない。

宮廷官達にはじまり、次第に王都の民、そして果ては全国民が知ることになるだろう。

そうなってくれれば良いなと、燕明は願う。

「月英……」

腕の中で無防備に眠る彼女に、燕明の影が覆い被さる。

「好きだよ」

前髪を撫で上げた月英の額に、燕明の熱がそっと落ちた。

◆◆◆

「へ、陛下⁉」

牢塔《ろうとう》の入り口を守っていた衛士は、正面からやって来た者を見て、目玉を落としそうなほどに驚《きょう》愕《がく》した。

しかも、皇帝は何かを抱きかかえてやって来る。

両腕でしっかりと抱く様子から、とても大切なものだろうと思って見ていれば、近づくにつれそれが人だと分かる。

「陛下、その者は……」

「収監されている陽月英《ようげつえい》だ。そこで力尽きて寝こけていたから運んできたまでだ」

「そ！　それはお手を煩わせてしまい誠に申し訳ございません！」

顔を青くして、衛士は自己最高記録の高さで拱手《きようしゆ》を仰いだ。

「では、あとはわたくし共が――」

衛士が慌てて燕明の手から月英を受け取ろうとするも、燕明は身体を背けて月英を衛士から遠ざける。

「え……」

「いや、私が運ぼう」

呆気《あつけ》にとられている衛士を放置して、燕明はさっさと牢塔の中へと入っていった。

薄暗く淀《よど》んだ空気が漂う牢塔内を見て、燕明は奥歯を噛《か》んだ。

衛士に案内された月英の牢屋《ろうや》だという場所は、筵《むしろ》しか敷かれておらず、他は粗末な掛布が置いてあるだけ。

その筵に月英を横たえる時、燕明は奥歯が欠けてしまうのではと思った。

すやすやと眠る月英の身体に掛布を掛け、燕明は牢塔から出た。

「そうそう。彼は丁重に扱うように。食事の量ももっと増やせ。囚人といえど、雑に扱って良い理由にはならないからな」

衛士は「ハッ」と気持ち良い返事を返したものの、余韻には疑問が漂っている。

燕明はクスと口元だけで笑った。

「私の掌中《しょうちゅう》の珠《たま》だ。なによりも丁重に扱え」

「え……」

「はは、冗談だよ」

衛士の顔が固まったのを見て、燕明は背中越しにひらひらと手を振り歩き出す。

「この国にまだ二人しかいない香療師だ。大切な身だから注意してくれよ」

再び衛士が「ハッ」と声を上げるのを、燕明は背中で聞いていた。

3

朝、高窓から聞こえる鳥の声で、月英は目を覚ました。

身体を起き上がらせれば、ずるりと掛布が落ちる。

「あれ？　僕どうやって牢屋まで戻ってきたんだろう」

確か、疲れ果てて戻ってきたあと、燕明に会った覚えがあるのだが。

「何か……おでこかな？　温かいものが触れたような記憶があるようなないような……」

曖昧な記憶に、月英が筵の上であぐらをかいて頭を悩ませていると、ガシャンと牢屋の鍵《かぎ》が開く音がした。

「おい！　朝飯ですよ！」

いつもご飯を持ってきてくれる衛士が、朝食を持ってきてくれたようだ。

月英はいそいそと立ち上がると、食事を取りに向かう。

「どうもありがとう——って多‼」

出された食事量の多さに、思わず月英は声を大にした。

石造りの牢塔の中というのはよく人の声を反響させるもので、増幅されたやかましい声に、衛士は迷惑そうな顔で耳を塞《ふさ》ぐ。

実に申し訳ない。

しかし、いつもの五倍はあるのだ。驚くなと言う方が無理だろう。

急にどうしたのか。もしかして願いが通じたのか。

——いや、きっと間違えて多く作りすぎちゃったんだね！

昨日はたくさん動き回った上に、いつの間にか寝こけていたようで夕食も逃してしまった。だからこの量は余計にありがたい。

「じゃあ、いっただっきまー……」

そこで月英は衛士の視線に気付いた。

いつもなら食事を置いたらさっさと出て行くのに、今日に限って彼はまだ鉄格子の向こう側に立っている。

「……あの?」

衛士が口を開いた。

「いいですか! しっかりと食べやがれですよ!」

それだけを叫ぶと、衛士は背を向けて去って行った。

「……お母さん?」

◆◆◆

調査四日目。

移香茶葉を使っていた全ての店から聞き取りを終え、月英と翔信《しょうしん》は茶心堂《ちゃしんどう》で鄒央《すうおう》を交えて意見を交わしていた。

「僕がやってないって証拠って、つまりは犯人を示すしかないんですよね」

「その犯人だけど、鄒央さんでも張朱朱《ちょうしゅしゅ》さんでもないならあとは……」

「おいおい、翔信くん。私まで疑ってたのかい」

鄒央は、やめてくれよと大げさに肩をすくめていた。

「いやぁ、すみません。疑うことが刑部《俺たち》の仕事なもので。これぱっかは勘弁してくださいよ」

翔信は顔の前で手を立て、片目を閉じると幼顔に愛嬌《あいきょう》をのせた。

翔信も本気で鄒央を疑ったわけではないのだろう。一応の可能性として考慮したまでで。

それが彼の軽妙な表情から伝わったようで、鄒央も特に気分を害している様子はなかった。

「ねえ、思ったんだけど……配達人が犯人ってことはないですか？」

茶葉に手を触れられる者は限られている。

鄒央でも張朱朱でもなければ、あと残るは配達人くらいだろう。

月英の脳裏に、茉莉花《ジャスミン》の香りが好きだと言った、人の良さそうな青年が思い出される。

「あの人を疑うのは気が引けるけど……」

しかし、気を遣ってこちらが有罪になっては堪ったものではない。

「鄒央さん、あの配達人の居場所って教えてもらえますか？」

さっそく当人に会いにと思ったのだが、なぜか鄒央は難しい顔をしていた。

「どうしたんですか？　鄒央さん」

「えーと、確か毒が混入していた移香茶は、茉莉花《ジャスミン》の茶葉だったかな？」

その通り。それ以前の松明花《ベルガモット》の移香茶葉では、何の問題も起こらなかった。

月英がそうですが、と首を傾けながら肯定すると、ますます鄒央の「うーん」という悩ましい声は間延びする。

「あーその、誠に申し訳ないんだが……配達人が分からないんだ」

「わ、分からない⁉」

「どうしてです⁉」

月英と翔信はまさかの鄒央の返答に目を瞬かせた。

「それが……」と鄒央は、担当だった青年が遠方への配達に行ってしまったこと、その代わりに手の空いている配達人達が、交代で配達に当たっていたということを説明してくれた。

「それが、ちょうど茉莉花《ジャスミン》の移香茶葉を卸し始めた時期からなんだ。つまり、配達人が茶葉に細工をしたとして、私にはどの配達人かは分からないんだよ」

「そ、そんなぁ」

はぁ、と三人は頭を抱えて、受付台に突っ伏した。

「何か鄒央さん覚えてないんですかぁ……誰でもいいんでその配達人の特徴とか」

台に頬をくっつけながら喋《しゃべ》る月英の声は、すっかり意気消沈といった感じである。

「特徴かあ……皆青年だったくらいしか」

眉間《みけん》の皺《しわ》の数を増やし、鄒央はむむと唸《うな》る。

「ああでも、騒ぎがあるまでに来たのは三人だったかな」

「三人かあ。配達屋で聞けば分かるかもな」

「でも、その中に犯人がいたとして、正直に『僕がやりました』なんて言うと思いますか?」

三人は顔を見合わせ、再び沈鬱《ちんうつ》なため息を漏らした。

しかしそこで、月英が「あ」と、何かを思いついたとばかりの声を漏らす。

「ねえ、もし移香茶がもう一度流行り始めたってなったら、犯人はまた同じようなことをすると思いますか」

翔信と鄒央は、月英が言わんとしていることを瞬時に察する。

今回の件は最初、東明飯店《とうめいはんてん》への嫌がらせかと思われる出来事だった。

しかし、それにしては最初の一回以降、東明飯店のお茶や食事に何かを盛られたという話は聞かない。

つまり、東明飯店が狙われたのではなく、移香茶が狙われたと捉《とら》えて間違いはないだろう。事実、現状を見れば一番被害を受けているのは移香茶なのだから。

もしくは、月英か。

「うん。確かにやってみる価値はありそうだね」

「今日合わせて残り四日か……上手くいけば間に合いそうだな！　あ、でも、移香茶の茶葉はどうするんだ。お前、香療術は使用禁止だぞ」

「ああ、そうだった」

がっくりと月英は項垂れる。

しかも翔信が言うには、香療房に置いてあった精油や道具すべてを、御史台が持って行ってしまったらしい。

おかげで今、香療房はすっからかんという話だ。

――ってことは、万里も今香療術を使えない状況なんだ。

せっかく香療師になって、やれることが少しずつ増えてきたというのに、申し訳なさでいっぱいになってくる。

――ああ、せめて御史台の人達が、精油を日陰で保管してくれていると良いなあ。

あまり期待できないが。

どうやら、無事に香療房に戻れたとしても、すぐに香療術再開とはいかなそうだ。

「ああ、それなら私のところの茶葉を使おう。この間返品された茉莉花《ジャスミン》の残りと、香りの強い茶葉を混ぜてみたら良いんじゃないかい。きっと素人には分からないだろうさ」

「本当ですか！　助かります」

「とすると、やはり当時と同じ状況がいいとして、問題は朱朱だが……そこは私がなんとかするとしよう」

朱朱の名を聞いて、月英と翔信はすばやく首をすくめて肩の間に収納する。

「ど、どうしたんだい二人とも？　亀みたいになって」

「すみません、条件反射で」

「あと一回でもされたら、男としての何かが折れそうなんで」

押しかける度に、問答無用で猫のように首根っこを掴《つか》まれ、放り投げられてきた過去の体験によるものであった。

「それにしても、鄒央さん。どうしてここまで僕達を手伝ってくれるんですか？」

彼も被害者側だというのに。

「言っておくが、今回の件は私も被害者だからね」

「ええ、それはそうですよね。本当に、申し訳なく――」

「違う」

下げようとした月英の頭を、鄒央の手が押しとどめていた。

額に手を当てられ、そのまま下げかけた顔をグググと持ち上げられる。

「月英くんからは何もされてないよ。私は、犯人から！　被害を受けたんだ」

途端に眉《まゆ》を逆立て、手をわななかせる鄒央。

「私の取り扱う大事な品に、犯人は何てことをしてくれたんだ！　商人はなによりも信用が大切だってのに！　チクショウめ！」

わななかせていた手で拳《こぶし》を握り、空を切るように鋭く天へと突き上げる。

まるで、見えない犯人を殴り上げているようだ。

「正直、自分の手で捕まえて、しばき倒してやりたいほどだね！」

翔信と月英は、「あばばばば」と指を噛《か》みながら鄒央の変わりようを見守る。

「御史台も御史台さ！　本当の犯人を捕まえるのが役目じゃないのか⁉　状況証拠で安易に犯人を決めつけおって。情けないねえ！」

どうやら鄒央は鄒鈴《すうりん》と同じく、喋っている内に次第に興奮するたちのようだ。普段は温厚な鄒央の目が炎を噴いている。

「だが！　そこは商人の私の出る幕ではない。裁きは専門家に任せるとしよう。しかし、もし裁きが甘味屋の団子より甘い物だったら、その時はこちらで手を打たせてもらおう。王都商人の信用を傷つけたんだ。相応の代償を払ってもらわねばね。ああ、そうだ。その際は商工会の連中にも手伝ってもらうとするか」

鼻から大量の息を吐けば、少しは頭に上った熱も冷めたのか、鄒央は大にしていた声をいつもの穏やかなものへと戻していた。

しかし、言っていることは不穏極まりない。

「が、頑張って真犯人を捕まえますね」

「ぜ、善処します」

月英と翔信は口端をひきつらせて、不細工な笑みを向けた。

「ああ、頼んだよ。二人とも」

二人の肩に置かれた鄒央の手は、謎の重みがあった。

決して王都商人は怒らせないようにしようと、二人は目でうなずき合った。

4

「どぉですかぁ？　春万里様」

芙蓉宮《ふようぐう》の奥に据えられた炊事場に、ひょこっと鄒鈴が顔を覗《のぞ》かせた。

彼女が様子を窺《うかが》った対象——万里は額に汗を垂らしながら、真剣な目つきで玻璃《ガラス》瓶を見つめている。

「多分……今度こそ上手くできてるはずですが……」

語尾についた『が』という言葉が、彼の心内を如実に表わしていた。

眉宇《びう》に不安を表わし、垂れる汗も拭《ふ》かず、ひたすら一滴一滴落ちる雫《しずく》を見守る万里。

今度こそという言葉から分かるとおり、彼は芙蓉宮の竈で精油作りを始めて、幾度かの失敗を繰り返している。

「前回は間違って花まで葉と一緒に鍋《なべ》に入れたから、香りが粗雑になってた。今度は花を全部取り除いたし、何度も必要な部位を確認したから大丈夫だと……」

やはり語尾にはまだ憂いが残る。

万里は傍の台に広げてある本を覗き込んだ。

真剣な目で記された文字を追いながら、呪文のようにブツブツと同じ部分を繰り返す。

頁の最後まで読み終われば、万里の瞳《ひとみ》はもう一度最初へと戻って、同じく最後まで滑っていく。

鄒鈴が様子を見に来てからもそれは続けられており、この短時間でかれこれ同じ動きを三回は繰り返している。

相当に不安なのだろう。

「春万里様」

すると、そこへ芙蓉宮の主が、襦裙の裾《すそ》をするりと引きながら入ってきた。

「言われました花を持ってきましたわ」

亞妃の後ろから、李陶花《りとうか》と明敬《めいけい》が籠《かご》いっぱいに盛られた白い花――茉莉花《ジャスミン》を持ってくる。

「百華園に茉莉花《ジャスミン》が咲いていて良かったです。すでに篩《ふるい》にかけて茎などは取り除いておりますす」

「ちょうど時期で良かったです。おかげで簡単にこれだけの量が集まりましたよ」

万里はそこでようやく本から目を離し、ふうと息を吐いた。

ずっと腰を曲げて作業していたため凝ったのだろう。ググと腰を反らすと「ボキボキ」と彼の苦労の音が鳴っていた。

「助かります」

李陶花と明敬が差し出した籠を、万里は礼を言って受け取り、また別の作業台へと置く。

「これだけあれば、きっとアイツが思っている以上のものを作れます」

籠にこんもりと積まれた茉莉花《ジャスミン》を、満足げな顔で万里は見下ろす。

「それにしても、なぜ花は日中ではなく夜に摘む必要があったのです？　しかも花が開く直前のものだなんて」

亜妃が籠から手に取った一輪は、よく見る花弁を広げた姿ではなく、蕾《つぼみ》が薄らと口先を開き始めたほおずき形をしていた。

「茉莉花《ジャスミン》は夜に花が咲くんですが、花の香気が一番強くなるのが開花直前なんですよ。花が開くと内側に溜《た》まった香気が逃げるんで、この状態が一番香りが強いんです」

万里の淀《よど》みない口上に、亜妃達は「おぉ」と感嘆の声を漏らした。

鄒鈴にいたっては指先で控えめな拍手を送っている。

「――って、この本に全部書いてあっただけなんですけど」

万里は頬を掻《か》いて少し照れくさそうにはにかむと、台に広げていた本を手に取った。

表紙の一部にだけ真新しい雲母紙が張られた、古びた紺色の本。

それ以上ボロボロにしてしまわないようにか、万里が本をめくる手つきは丁寧なものだった。普段の彼の態度の大きさからは考えられないくらいに、繊細な扱い。

「見たことも聞いたこともないような知識がこの本には詰まってて……正直、感動もんだった……」

瞳に尊崇にも似た光を抱き、本を見つめる様子は、未知という熱に浮かされた者の表情そのものだ。

「アイツは……この本一つで生きてきたんだな……」

本には花の詳細な形や色が絵で図解してあったり、余白に後で付け加えたような走り書きがしてあったりと、記した者の全てが押し込められたようなものだった。

「こんなにボロボロになるまで読んで……」

一体どれほど頁を捲《めく》ったのだろう。紙自体がすり切れて薄くなっている。

「たった一人でどれだけの間……」

思わず、本を掴む万里の手に力が入る。

「……亜妃様……アイツのことが好きですか」

「あいつ……とは……」

そこまで言って、亜妃は万里の言葉の意味を理解する。

瞬間、ボンッと火を噴いたかのように顔を真っ赤にする亜妃。

「ななな、なっ、ぁ……、それは、あ、あなたには関係のないことでしょう⁉」

実にわかりやすい反応に、万里は苦笑してしまう。

仮にも皇帝の妃だというのに、よくこうも気持ちをダダ漏れにさせるなと。

そして同時に、一つの確信を得る。

月英は、あの秘密に関して、様々な人が関わっていると言っていた。

もしかすると、よく芙蓉宮を訪ねていたし、彼女も様々な人の一人かと思っていたのだが、どうやら違ったようだ。

万里は手の中の本に視線を落とし、そして逡巡《しゅんじゅん》するように横へと流す。

「もし……もし、アイツが……」

「月英様がどうかされました？」

亞妃の何も知らないといったキョトンとした顔を見て、万里は口をつぐんだ。

自分は一体何を言おうとしていたのか。

恐らく亞妃は、月英にとって初めてできたであろう同性の友人というもの。

月英と亞妃とでは向ける好意の種類が違う。だがそれでも、どうか秘密を知ることがあっても離れないでいてやってほしい——そう言いそうになった。

「いや……何でもないですよ」

手の中で、すり切れたボロボロの本の重みが増した気がした。

そんな万里の様子を、亞妃は尻目《しりめ》に捉える。

「……何を仰りたいかは分かりませんが、もし月英様が裁かれるような事態になれば、わたくしが

持てる全ての力を使いお救いするつもりですから。ご心配なさらず」

万里は目に驚きを露わにし、亜妃を凝視した。

あまりに目を見開いて見るものだから、亜妃の方が「何ですの」と気まずそうに咳払《せきばら》いをする。

「それより、あなたは人のことを気にしている余裕がありまして？　今頃、月英様は王都を駆け回っておられますわよ」

その言葉に、万里は止まっていた自分の手に気付きハッとした。

悩んでいる暇などない。

自分が心配することでもない。

今は、自分がやるべきことだけをすべき時だ。

「負けてられませんわね？」

万里の心情を読んだように亜妃が発破をかけた。

その口元は、片方だけがつり上がっている。

普段月英には見せないような毒のある笑みに、万里は一瞬面食らっていたが、つられたように彼も口端を片方だけ深くつり上げた。

「当然！」

万里は駆け寄るようにして竈へと向かうと、雫がなみなみと溜まった玻璃瓶を手に取った。

「さて、今度こそ成功してくれよ」

それぞれの場所でそれぞれの戦いが始まっていた。

◆◆◆

「何だか、すっかり火が消えたみたいね」

春廷《しゅんてい》がぼそりとこぼせば、周囲にいた医官達の背が丸くなる。

医薬房の隣にできた真新しい香療房。

先日までは、賑《にぎ》やかさがこちらまで響いてきていたというのに、今は嘘のように静まりかえっている。

「お前の弟の姿も見えねえし、どこに行ったんだ」

香療房を寂しそうな目で見やる春廷の元に、豪亮《ごうりょう》も香療房へと顔を向けながらやってきた。

「さあ……朝と夕にはちょっといるみたいだけど、その他はどこで何をしてるのやら……」

香療房の扉は固く閉ざされ、今は全てが空っぽになっている。

確かに、仕事道具の一切がなく、使用禁止となればいても仕方がないだろう。

「家には？」

春廷は眉を下げて首を横に振った。

「元々官舎住まいだったし。そっちに戻ってるんなら良いんだけど……どうかしらね」

「まあ、万里はしっかりしてるし大丈夫だろうさ。問題は……月英だよな」

二人の間に沈黙が流れた。

上手く言葉が浮かばない。

そうしていると、不意に円窓の外から何とも哀愁漂う声が聞こえてくるではないか。

その声は人のものではない。

「にゃぁ〜ん」

「ぶみゃっ」

声の主は太医院裏の住人、いや、住猫のものだった。

窓から顔を覗かせれば、麓《ふもと》には猫がちょこんと仲良く並んで座っている。

「あらあら、猫太郎《ねこたろう》に猫美《ねこみ》」

春廷が手を差し出すと、真っ先に猫太郎が指先を小さな舌で舐《な》めた。しかし、何の味もしないと分かると、すぐにそっぽを向いて再び腰を下ろす。

「友達がいなくなっちゃって寂しいわよね、アンタ達も」

「飼い主じゃねえんだな」

「どう考えても、この子達の方が賢いでしょ」

豪亮が「確かに」とククツ喉《のど》を鳴らして笑っていた。

「こいつらの方が、付き合ってやってるって感じだったもんな」

いつも月英が裏に来ると、ヤレヤレと言った様子でどこからともなく現れる二匹。月英に頭を撫《な》で回されようが、腹を吸われようが、泰然としてされるがままを受け入れている。

月英は自分が庇護《ひご》していると思っているが、しかし、こうして月英がいなくとも、間に一人分の空間を空けて座る猫達を見れば、どちらが面倒を見ているのか。

「猫すらこうして待ってるっていうのに……」

「どうにか助けになってやりたいがなあ……」

「先に呈太医に釘刺《くぎさ》されちゃったものね。それに接見禁止令まで出てるんじゃ、とても何かをって状況じゃないわよね」

「……悔しいな」

ほぼ息だけで呟《つぶや》かれた無音の声は、皆の心を代弁するものだった。

「とりあえず、お前は弟のことを気にしてろ。月英と同じ香療師だ。何か一人でやろうとしてるのなら、御史台に目を付けられる前に止めてやれ」

豪亮は春廷の薄い肩を、対照的な分厚い肩でどついた。

「早く、あのうるせぇけど賑やかな日々に戻ると良いな」

「ええ、そうね………ところで、豪亮」

春廷は豪亮の抱えているものに目を向ける。

「その手に持った盥《たらい》と、重そうな麻袋は何かしら？」

見覚えのある物を持った豪亮に、ニヤと細めた目を向ける。

それに対し、豪亮もニヤと口端を深くつり上げた。

「ああ？　だってこれは俺の仕事だろうがよ」

「あっは！　そうね！　ええ、確かにそうだったわね」

分かってはいたが、自分の仕事と言い切る豪亮に、思わず笑いが噴き出してしまった。

彼は毎度毎度「俺を重石にすんな」と言っていたはずだが、案外重石生活が気に入っていたらしい。

「さて、それじゃあワタシもできることをしましょうか」

猫太郎と猫美が応援するかのように鳴いた。

#【第四章・巻き込んでいく】

1

流石としか言いようがなかった。

翌朝早く、茶心堂《ちゃしんどう》を訪ねてみれば、既に移香茶葉だと偽った荷物は、配達人の手で東明飯店《とうめいはんてん》へと届けられたとのことだった。

行動も早ければ、鄒央《すうおう》は言ったとおり、東明飯店の張朱朱《ちょうしゅしゅ》にしっかりと話を通してもくれていた。

翔信《しょうしん》と二人、覚悟をして首を引っ込めて店に入ったのに、張朱朱が「話は聞いたよ」と奥へ案内してくれたのには少々感動した。

「荷物を受け取るだけでいいって話だったから受けたんだ。まだあたしは完璧《かんぺき》には赦しちゃいないからね。そこんとこは間違えるんじゃないよ」

向けられた張朱朱の顔に猜疑《さいぎ》が残っていたのは、仕方のないことだろう。

それもきっと、これが上手くいって真犯人さえ捕まれば、向けられなくなるはずだ。

「なあ、月英《げつえい》」

張朱朱の後に付き従いながら、翔信が小声で隣の月英に話しかけた。

「どうしたんです、翔信殿」

「俺……やばいかもしれない」

彼は自分の両腕を抱え、寒そうにぶるりと身体を震わせていた。

「なっ！　大丈夫ですか⁉　どこか具合でも悪いんですか⁉」

血相を変えて、月英は身を縮める翔信を支える。

「月英、俺……」

「大丈夫です！　少し休みましょう、翔信殿！」

「気の強い女性に邪険に扱われるのが好きみたい」

「は？」

「今まで、女に首根っこ掴《つか》まれて捨てられるなんて屈辱だと思ってたけど……今日はそれがなかったただろ？　それで気付いちゃったんだよ」

「…………」

月英は支えていた手を離し、翔信から二歩、距離をとった。

「俺、あの女傑みたいな張朱朱さんに投げ捨てられるのが気持ち――」

「すみませーん！　店の評判を著しく落とそうとしてる人がいますよー！」

「何だってぇ‼」

奥から床板を踏み抜かんばかりの足音を立てて、張朱朱が戻って来る。

彼女は勢いそのままに、いつもどおり翔信の首根っこを掴むと店の外に投げ捨てた。

その際、「あぁんッ」と気持ち悪い声が聞こえてきた。

「しまった。ご褒美だった」

月英は両手を着物で拭《ふ》きながら、舌打ちをした。


張朱朱から受け取った鄒央の荷を、東明飯店の二階の個室を貸してもらい検分する。紙で包まれ、紐《ひも》で十字にしっかりと結われている。

中身はもちろん、ニセ移香茶葉だ。

翔信は荷を手に取って、上下左右からまじまじと観察していた。

一度追い出された翔信だが、一応は月英の監視役という大役を帯びていたため、張朱朱に頼み込んで店の中へと入れてもらっていた。

その際も鼻息を荒くしていたような気がしたが、勘違いだと思いたいし、思うこととする。

「開けられた感じは……しないな」

「じゃあ、中身を確認してみましょう」

翔信の手が紐を解き、丁寧に包装紙を剥《は》がしていく。

最後の包が開くと、中からは茶葉が現れふわりと香りが立ち上る。鄒央が、香りの強い茶葉と混ぜると言っていたが、確かに香気が立っている。その奥に茉莉花《ジャスミン》の甘さが仄《ほの》かに香っていた。

「どうだ？」

「うーん、匂いからは異常は感じられませんが……」

茶葉の見た目もいつもどおりだ。

「ただ、どんな毒が入れられてたか分からないせいで、何とも判別がつかないですね」

「じゃあ、太医院に持って行って判別してもらうしかないか」

「でも、僕って太医院には近づけないいんじゃ」

「あー……接見禁止だったな」

当てが外れた翔信が、べたりと額を卓にくっつけた時だった。

「あんたら、結果はどうだったんだい」

一階から上がってきた張朱朱が、個室の扉を前触れもなく開いた。

突然の登場に驚く二人をよそに、彼女はぬうっと顔を突き出し、卓に広げてあった茶葉をまじまじと凝視する。

その目は、忌々しいものを見るように顰《ひそ》められている。

「それで、これに毒は入ってたのかい？」

険しさそのままに顔を向けられ、月英はあたふたする。

「いえ、あの、それがそのですね、僕達じゃそもそも毒かどうか判別するのは難しくてですね」

「はあ⁉　あんたら宮廷官様なんだろう？　そのくらい分からないのかい」

「専門外のことはちょっと……」

語尾を極端に上げて不服を露わにする張朱朱に、月英と翔信はへこへこと頭を上下させた。

二人はまったく悪くないのだが、張朱朱の気持ちも分からないでもない。

平民からすれば宮廷官など皆同じに見えるのだ。

月英もかつては、宮廷内部がこれほど事細かに細分化されているとは思ってもいなかった。

しかも、こちとらただの仕事中毒者と香療馬鹿である。

香療馬鹿は一応太医院所属ではあるが、その名の如く香療術にしか造詣《ぞうけい》は深くないし、仕事中毒者も似たり寄ったりだ。

「じゃあ、やっぱり街医士のところに持って行くしかないね」

何気なく口にした張朱朱の言葉に、二人はハッとして「それだ！」と声と顔を合わせた。


灯台もと暗し。

「いつも太医院に世話になりすぎてて、街にも医士がいることを忘れてたぜ」

月英と翔信は包み直した荷を抱えて、小走りに目的地へと急いでいた。

大通りを南下し、路地へと入り、商店よりも民家の方が多くなってきたところで、一軒の家を前に足をとめた。

「ここで合ってるよな」

「多分。張朱朱さんが言うには、最初の茶葉を持ち込んだのもここだって話ですし」

目の前の家には、『医』と『薬』という字が彫られた看板が掛けられている。

ここは王都の診療所だった。

「春来《しゅんらい》先生ありがとー！」

月英達が入ろうとしたところ、入れ違いで子供が飛び出してきた。

元気いっぱいに「またねー」と、診療所の中に向かって手を振っている。

中からは「または無いようにねえ」と、朗らかな笑い声が聞こえてくる。どうやら診療所の主である街医士は在室のようだ。

月英がすみませんと声を掛けながら中へと踏み入る。

次の瞬間、診療所の中と外とで「あ」と息ぴったりに声が重なった。

急に足を止めた月英を不思議に思い、翔信が後ろから診療所の中を覗《のぞ》く。そして、やはり彼も月英と同じ反応を示した。

「ああっ！　春廷《しゅんてい》じゃんか！」

驚きに翔信が声を上げる。

診療所の中には街医士だろう初老の男性と、太医院にいるはずの春廷がいたのだ。まさかだろう。

「ど、どうして春廷がここに？」

突然の状況に月英は目を丸くしていたのだが、春廷はふふと意味深な笑みを浮かべる。

「少しでもアナタに――」

春廷がそこまで言いかけた瞬間、自分の役割を思い出した翔信が二人の間に割って入った。

「駄目駄目駄目！　接見禁止ーッ！」

「ハッ！」

「そうだったわ！」

翔信の焦り声に、春廷と月英は慌てて背を向ける。

危なかった、と翔信がふうと息を吐く。

「しょ、翔信殿。僕達は真犯人を見つけるために、持ってきた茶葉に毒物が混ぜられてないかを判別してもらいに来たんですっけ。じゃあ、さっそく医士の人に茶葉を見てもらわないとですよねえ」

「嘘だろ……そんな状況説明みたいな会話ってある？」

「あーっと……父さん、それで万里は実家にも父さんのこの診療所にも、一度も顔を見せてないのかしら？　月英が急にいなくなってから、万里も香療房を空けるようになったのよ。でも心配はいらないわよねえ。何か一人でやってるみたいだし、あの子はしっかりやれる子だもの……ねえ、そう思わない？　父さん」

「こっちもかよ」

月英は、必要あるかというほど丁寧に状況説明をしながら翔信に会話を振り、春廷は何をそんなに連呼する必要があるのかと言うほど父親を強調していた。

そういえば、万里が実家は街医士をやっていると言っていた覚えがある。

「ええ……何なのこの茶番劇……」

わざとらしい状況に、翔信は瞼《まぶた》を重くして嘆息していた。

しかしどうやら大目に見てくれたようで、翔信は二人の独り言を禁止はしないでくれた。

「おや、廷と万里のお友達かい」

そこへ、笑いを噛《か》み殺《ころ》した声で月英の背に声が掛けられる。

「何か色々と面倒な事情がありそうだが……つまり、君達はその手に持っている荷の中に、毒が入っていないか調べてほしいのかい」

「そ、そうです！」

月英は、振り向いた先にいた人物に飛びつくようにして距離を詰めた。

今、壁の方を向いている彼によく似た垂れ目が印象的な、柔和な雰囲気の男性だ。

「はじめまして、ここで街医士をしている春来です」

目が細められれば、目尻《めじり》に烏の足跡が刻まれる。

「初めまして、陽月英《ようげつえい》です」

「ああ、君が！　お噂は息子達から聞いているよ。随分と破天荒なようで」

「は、破天荒？」

一体どのように伝えられているのか。まあ、おそらくは万里が九割誇張して伝えているのだろうが。

翔信も春来に自己紹介を返すと、早速に荷を春来へと渡した。

春来は月英には分からない道具や薬品を取り出し、茶葉を鑑定していく。

その際、春廷に「あれとって」や「そっちのちょうだい」などと、曖昧《あいまい》な指示を飛ばしていたのだが、春廷はものの見事に春来の意図に全て応えていた。

これが親子か、と月英は感心し通しだった。


「——さて、結果だが、この荷に毒は入ってなかったよ」

「良かったあ」

しかし、安心したのも束の間、まったく安心できる状況でないことに気付く。

「ってことは、また鄒央《すうおう》さんと張朱朱《ちょうしゅしゅ》さんに手伝ってもらわないとだ」

がっくりと力なく項垂れる月英の背を、翔信《しょうしん》がドンマイと叩《たた》いていた。

「それにしたって、同じことを繰り返すにしても、毎度毎度こうして春来さんに鑑定を依頼するのはちょっと手間だよな」

確かに。もし毒が入っていたとしても、分かった時点で配達人はもうどこかへ行ってしまっている。

「受け取ったその場で、すぐに判別できる方法があったら良いんだけどな」

「せめて包が開けられたかどうか、その場で分かる方法があれば」

「今だと、一度開けられてても、綺麗《きれい》に包み直されたら分からないもんな」

二人は首を右に左に倒しながら、悩ましげな声を漏らす。

「茶心堂《ちゃしんどう》と東明飯店《とうめいはんてん》じゃないと開けられない鍵《かぎ》をつけるとかですかね？」

「それじゃ犯人も開けられないから、囮《おとり》にならないだろ」

「それもそうですね」

すると、あーでもないこーでもないと悩んでいる中、コホンと一際大きな咳払《せきばら》いが鳴った。

まるで、注目してくれとばかりの大げさな咳払い。

しかしその咳払いを発した人物は、依然として壁を向いたままだ。

「あ、あー……父さん」

「どうしたんだい、廷」

言葉自体は普通そのものだが、返事をする春来の声は震えていた。

「最近まで万里って内侍省にいたじゃない」

「そうだね」

「えっと……それでそのクセなのか、ワタシが香療房に入ろうとするとすぐ『札を見せろ』なんて言うのよ」

「ははっ、それはクセじゃなくて、構ってほしくてじゃれてるんだろうね」

春来が嬉《うれ》しそうに笑っていた。

聞いているこちらとしても、実に微笑ましい兄弟話なのだが、恐らく春廷はそのような雑談をしたいわけではない。

——春廷は何を伝えようとしてるんだろう。

必死に月英が頭を悩ませていると、隣で翔信がうわごとのように呟《つぶや》いた。

「そうか……札だ」

「え、札？」

札が何だというのか。

月英は春廷の言ったことを、何度も繰り返した。

「えっと……札と万里と内侍省……？　──って、もしかして！」

バラバラだった単語が、月英の中に微かに残っていた記憶と繋《つな》がる。

パァと目の前が明るくなった心地だった。

次に目指す場所が決まった。

月英は時間が惜しいとばかりに、翔信の手を強引に引く。

「翔信殿、早く！　早く内侍省に行きますよ！」

「ちょ、ちょっと待て、月英！　ええっと内侍省は確かお前にとって……」

「大丈夫！　あそこは身内判定されない場所です！」

「あ、そうなの？」

「むしろ、敵地判定です！」

「それってどうなの？」

途端に、翔信の顔がげっそりとやつれる。

「敵地に乗り込みたくはないなあ」

「何言ってんですか！　敵ならやっつければ良いだけですよ！」

「どうしてそう好戦的なの。お前本当に下民？　どっかの大将軍の血とか引いてない？」

翔信の戯言は無視して、月英は足取りの重いその背をグイグイと押す。

「春来さん、ありがとうございます。お邪魔しました！」

「はは、元気があって良いねえ。若いことは素晴らしきかな」

のほほんと笑って手を振る春来に頭を下げて、診療所を出る。

しかし、月英は言い忘れたとばかりに、上体のみを後ろに反らせ診療所の中に顔だけ戻す。

「あ、それと、とても良い壁をお持ちですね！」

「ブッ‼」

堪えきれなかった春来が思いっきり噴き出す音を背に、月英は今度こそ診療所を後にした。

背後から「誰が壁よー！」と聞こえたような聞こえなかったような。

2

この部省の長の神経質さを模したような空気の中、粛々として業務を進めるのが内侍省官吏達の日常だった。

しかしこの日ばかりは、普段通りとはいかなかった。

「たのもーう！」

若々しい声と共に、突如内侍省の扉が開かれた。

内朝に位置することもあり、滅多に外部の官吏など訪ねてこない内侍省にとって、それはまさに青天《せいてん》の霹靂《へきれき》であり、それがまた青天色の瞳《ひとみ》を持つ者だとすれば、騒がずにはおれなかった。

ガタガタッと総員が腰を上げ、入り口に険しい顔を向ける。

「おっ、お前は！」

「例の太医院の！」

「泥棒猫ッ！」

息ぴったりである。

「誰が泥棒猫ですか」

勝手に昼下がりの有閑夫人にありがちな艶話《つやばなし》に巻き込まないでほしい。

というか、万里は内侍省で一体どのような立ち位置にあったのか疑問がわく。

「まあまあ、皆さん落ち着いてくださいよ。ちょっと聞きたいことがあるだけなんですから、大人しくしててください」

「何でちょっと上から目線なんだよ！」

月英の物言いに、内侍官達がさらに色めき立つ。

「何か、敵地って言ったの分かるなあ……」

月英が何か発言する度に、合いの手のように内侍官達からヤジが飛ぶのだから。発言の内容さえ気にしなければ、ちょっとしたお祭り騒ぎだ。

しかし、月英はケロリとしている。

「こんなの慣れたものですよ。最近まで全方位から向けられてましたからね！」

「お前の、時々挟むその弩級《どきゅう》の自虐ってなんなの？　やめてよこっちの心が痛い。ぬくぬく生きてきてごめんなさいだよ……あ、待って。ちょっと気持ちいいかも」

「………」

「だめだって月英、その目は。嗚呼《ああ》……っ、できたら野郎じゃなくて張朱朱さんに向けられたかった……っ」

ぶるっと身体を震わせた翔信を、月英がドブ底で拾った饅頭《まんじゅう》を見るような目で見つめた。

いったい、この数日で彼に何が起こったというのか。

いよいよ本格的な扉を開き始めている。

月英、翔信、内侍官が三者三様の様子を見せる中、たまりかねたとばかりに、部屋の奥にあった扉がけたたましい音を立てて開いた。

「うるさいですよ！　何をしているのですか‼」

神経質な尖《とが》り声《ごえ》と一緒に現れたのは、ここ内侍省の長である呂阡《ろぜん》である。

苛立《いらだ》ちで血走った三白眼で睨《にら》まれ、内侍官達は「ひっ」と喉《のど》を鳴らした次の瞬間には机に向かって筆をとっていた。

翔信までが氷の視線に射貫かれ、仕事《逃げ場》はないかとあたふたしている。

しかし、月英は遠慮しない。

姿を見るやいなや、ドドドと押しかけ女房も真っ青な勢いで呂阡へと押しかけた。

「初めまして、僕は陽月英って言います！　あのですね、ちょっと聞きたいことがありまして、教えてくれますよね！」

「よ、陽月英……⁉」

呂阡は詰め寄った者の瞳を認めて、口端を引きつらせる。

『あの者に関わって変われぬ者などおらんさ』

いつか言われた、孫二高《そんじこう》の言葉と高笑いが呂阡の頭の中に響いた。

彼の思うところは、『正直関わりたくない』である。

しかし目の前には、氷の内侍と呼ばれる自分に対し、おくびも怯《ひる》むことなく突進してくる医官がいる。

普通の者は呂阡が目を眇《すが》めただけで氷漬けにされ、圧倒してくる者などいない。

「――っ誰かに似た厚かましさですね」

かつての部下を思いだし、不覚にも少々興味を惹《ひ》かれると思ってしまった。

「というよりまず、確か今、あなたには自由などないはず」

さすがに月英が収監されたという事実は、朝廷官達には共有されていた。

他の官吏達のほぼは知らないことであり、呂阡は言葉を濁して伝える。

「とりあえず、内侍省に迷惑を掛けるのだけはやめていただきたいのですが。正直、もうここにいる時点で充分に迷惑ですがね」

出て行けとばかりに、凍てついた目を向ける呂阡。

しかし、月英の逞《たくま》しさは呂阡の『普通』を超える。

「あ、じゃあ迷惑ついでにもっと迷惑掛けていいですか?」

「どうしてそうなるんですか」

「えぇ……敵地なのに仲よさそうなんだけど」

月英と呂阡の軽妙な会話のやりとりに、翔信が困惑気味に声を漏らす。

「今仲良くなりました!」

「やかましい。仲良くなんかありませんから」

呂阡はもう一度『出て行け』との念を込め月英を睥睨《へいげい》した。

しかし、月英は青い目を瞬かせて首を傾げるばかり。

「呂内侍、差し出がましいようですが……そいつに普通を期待しない方がいいですよ」

ぼそりと掛けられた翔信の言葉を耳にし、呂阡は額を押さえて天を仰いだ。

天井に向かって吐き出された長い長い溜《た》め息《いき》に、内侍官達は肩をビクッと揺らし、月英は「長っ」と呟いていた。

「……ここでは官達の邪魔になるので、お話はあちらで伺います」

青筋の立つこめかみを揉《も》みながら、呂阡は「聞いたらすぐに出て行ってもらいますがね」と、苦渋の決断だということを匂わせながら特別室へと迎え入れた。

「さて、現在容疑者の陽月英が私に何を聞きたいのでしょうか？」

扉が閉められ、会話が内侍官達の耳に入らなくなったのを良いことに、呂阡は棘《とげ》のある言葉を吐いた。

言葉だけではない。依然として月英に向けられる視線には、攻撃的な棘がある。

「私は忙しい身なので用件は手短に。それとも、今度は私に部下を奪うお伺いでもたてに来たのですか？」

片口をつり上げ、皮肉たっぷりの笑みを向けられた。

「わあ、やっぱり根に持たれてる」

逆恨みも良いところである。

月英が香療師にと誘ったのではなく、万里《ばんり》が自ら来たのだから。

だが、それは今言及すべきことではない。

「呂内侍、今僕はとても面倒な状況に置かれてまして」

呂阡は知っているとばかりに、鼻で笑って返事する。

「それで、あの札について教えてほしいんです」

「あの札？」

「ほら、内侍官の人が百華園に入る時に出す、何だかよく分からない札ですよ」

呂阡は視線を斜め上に飛ばし、「あぁ」と思い当たる節がある声を漏らした。

「割符ですか。でしたらわざわざ内侍省に来るより、春《しゅん》万里に聞いた方が早かったのでは？」

「万里とは今会えない状況でして。それに、万里がその札を使っていた記憶があまりなくて……『忘れた、ごめーん』って言ってる記憶はあるんですけど」

「あれはまったく……ッ」

執務机の上で握った呂阡の拳《こぶし》が震えていた。

「はぁ……割符ですか……」

呂阡は万里への憤りをようやく飲み下すと、拳を緩め、視線を月英ではなくその横の翔信《しょうしん》に向ける。

「具体的かつ簡単に要点だけかいつまんで話してください。なぜ、今この状況で割符について知りたいのか。そちらのあなた……」

はっきりと自分に話しかけられていることを悟った翔信が、腰を折った。

「失礼しました。刑部の翔信です。今は彼の監視役として行動を共にしておりますが、立場としては中立です」

「あの、僕が話しますけど」

なぜわざわざ途中から会話相手を翔信に切り替えるのかと、月英が自分を指さす。

しかし、「絶対無理」と間髪容れず二人から返ってきた。

月英は唇を尖らせたが、二人が「じゃあ」と首を縦に振ることはなかった。

翔信は呂阡が望んだとおり、重要な部分をかいつまんで、内侍省を訪ねた理由を話した。

「――なるほど。ただそれですと、私達が使っている割符では無意味ですね」

一応の理解は示してくれたことに安堵《あんど》したのも束の間、まさかの答えに月英は思わず呂阡へと駆け寄る。

「そこを何とか！」

机を飛び越えて掴《つか》みかからんばかりの勢いに、呂阡は身を引いて、顔を引きつらせる。

「な、何とかという問題ではないのですよ！　とにかく、あの割符では無意味で――」

「そこをお願いしますよぉ！　僕の命運は呂内侍に懸かってるんですから」

「勝手に嫌なものを懸けないでください」

月英は覆い被さるようにして、力なく執務机の上でだらりと伸びた。

呂阡側で乗り出した頭と両腕をぷらぷらさせ、翔信側では宙に浮いた足をぶらぶらさせる。

呂阡が溜め息をつく。

眉間《みけん》の皺《しわ》は、最初に内侍官達の前に現れた時の二倍に増えている。

いい加減そこから降りてくれませんか、と呂阡が言おうとした時、月英の身体がピクリと動いた。

そして、何を思ったのかガバッと机から降りると、そのまま窓際へと向かう。

「呂内侍……僕を助けるつもりはありませんか？」

「ですから、この割符では使いようがないと、何度も言っているではありませんか」

「分かりました。でしたら、こちらにも考えがあります！」

言うが早いか、月英は窓を開き、そして肺一杯に息を吸い込むと大声で叫んだ。

「猫太郎ォォォォォ！　猫美ィィィィ！」

月英にとってこれはカケだ。

自分の声に応えてくれるのか。

しかし、杞憂《きゆう》であった。

太医院のある西側から、小さきものが高速で駆けてくる姿が見えた。爪が石畳を蹴《け》るチャッチャッという軽快な音をさせて猛然と突っ込んでくる。

月英が窓辺を空け、さあと内側へと招き入れるそぶりをすれば、二匹は華麗なる跳躍をきめ、特別室へと飛び込んできた。

「さあ、猫太郎、猫美！　あのおじさんをメロメロにするんだ！」

「お、おじ⁉　私はまだ三十代――っふご‼」

猫美のもっふもふの真っ白な身体が呂阡の顔に飛びついた。

猫太郎は呂阡の足に頭を擦り付けている。

「く……っ、お、おやめなさい」

言葉は嫌がっているものだが、彼の表情からは悦楽しか読み取れない。

「ふはは！　僕は見逃しませんでしたよ！　呂内侍の机の下に猫じゃらしが隠してあったのを！」

先ほど、机の上で身体をぶらぶらさせている時、机の下で見つけたのだ。色々な紐《ひも》や布きれが先端に結びつけられた、愛らしい棒を。

宮中で猫は滅多に見ない。侵入すれば衛士が追い出してしまうのだ。そんな中で、もし猫好きが猫を見つけたらどうするだろうか。

答えは自明。

月英は足元にいた猫太郎を抱えると、前足のふにふにした部分を呂阡の頬に押しつけた。

「あの割符では無理ということは、別の方法があるんですよね？」

ふにふに。

「あばば、あ、あるにはありますが……っもふ」

「へえ。それを是非とも教えてほしいんですがね？」

ふにふにふにふに。

「っあああああ！　わ、割符ではなく割り印をお使いなさい！　二つ！」

「二つ？　どういうことです？」

ぷにっと。

「きゃぁぁぁぁ！　一つ目はひゃあああ！　二つ目はうにゃああああああ！」

呂阡は猫の誘惑に支配されながらも、割り印の使い方をごにゃごにゃと教えてくれた。

「……でたらめじゃないですよね？」

「わ、私の脳を信じなさい！　若くして長官席に座っている私のこの優秀な頭脳を！」

「何か腹立つ」

月英が猫太郎をけしかければ、また呂阡の悲鳴が鳴り響いた。

しかし悲鳴と言うには、余韻に恍惚《こうこつ》とした悦が入っている。

「……さっきから俺、何を見せられてるの？」

翔信は、まさか氷の内侍のこんなあられもない姿を見ることになるとは、と若干呂玕《ろぜん》に同情を寄せつつも傍観に徹していた。

絶対にあそこには交ざりたくなかった。

「もうお前、氷でも何でも砕き割っていくよな」

「へへ、ありがとう」

「褒めてないいんだなあ」

照れくさそうに頬を掻《か》く月英に、翔信は瞼《まぶた》を重くした。

「じゃあ、呂内侍ありがとうございました」

「ぁあああぁッ！」

すっかり膝《ひざ》の上で丸まってあざとい鳴き声を上げる猫太郎と、しきりに頭に上ろうとする猫美に陥落された呂玕をそのままに、二人は内侍省を後にした。


「――よし！　さっそくこれを鄒央《すうおう》さんに伝えないと！」

内侍省の前で、そう月英が意気込んだ時だった。

「え、月英」

不意に名を呼ばれ振り返った先には、万里がいた。

一週間も経っていないというのに随分と懐かしく思ってしまう。

「ば、万里！」

「月英、オマエなんでこんなところに⁉」

「万里こそ、こんなところで何してるの⁉　春廷が万里は香療房にもほとんど戻ってないって言ってたけど……」

万里は内侍官と一緒に百華園から出てくるところだった。

どこかの宮に香療術でも施しに行っているのか。いやしかし、翔信からは香療術も全部禁止されていると聞いている。

であれば、なぜ。

「万里、もしかして亞妃《あひ》様の――」

そこまで言ったところで、間に素早く翔信が滑り込んできた。

「月英、ここはまずいって。宮廷内だし、どこから御史台に漏れるか分かんないから」

「そうだった……接見禁止だ」

ぼそぼそと翔信に小声で呟《つぶや》かれ、月英も思わず辺りを見回してしまう。

向こう側に万里が見えているだけに、至極もどかしい。

「さ、行くよ」

未練がましく口をもごもごさせる月英を、翔信がこれ以上は、と肩に手を掛けた。

月英も諦《あきら》めてその場を去ろうと、万里に背を向ける。

「月英！」

しかし、万里の声が月英を振り返らせた。

そして、万里の行動は周囲に困惑を与えた。

「え……なになに？　どういうこと？」

万里は頭上で大きな円を描いたり、身体の横で振ったりと謎な動きをしていた。

手振り身振りというやつなのだが、無言でやっているから見ている方からすれば何やってんだ状態。

「ちょ……万里……大丈夫か？」

思わず、傍観していただけの内侍官すらも口を挟んでいた。

しかし、翔信と内侍官が困惑の目を向ける中、月英だけは違った。

「ハッ！」

「いや、月英……『ハッ！』じゃなくて。というかこれでハッとする？　どこで？」

月英も万里と同じように無言で肘《ひじ》を叩《たた》いたり、首を揺らしたりして応答する。

そして最後に満足げな表情で頷《うなず》くと、万里も達成感あふれる表情で頷いた。

「いや嘘でしょ。何が通じ合ったの。これで何が分かるんだよ？　もう二人の間には言葉は要らないってか？　ばかやろう、どこの恋人だよ羨《うらや》ましいんだよ」

理解を超越した二人に、翔信の情緒が崩壊していた。

内侍官はただ静かに目を閉ざしていた。

「さあ、翔信殿！　ここは大丈夫みたいですから行きましょう！」

「お前、さっきまでガニ股《また》でカニの真似してたの覚えてるからな。そんな格好付けてもガニ股で歩いてたの忘れないからな。どういった意思疎通をすればカニが出てくるんだよ」

「カニ？　そんなことより、茶心堂《ちゃしんどう》へ急ぎますよ」

「もうやだ……ついてけない……」

泣き言を言う翔信の手を引っ張って、月英は茶心堂へと急いだ。


遠ざかっていく小さな背中を、万里は安堵した眼差しで見送っていた。

元同僚が隣で「お前ってそんな奴だったか」と若干引き気味の声を漏らしつつ、内侍省へと戻ったのを確認し、万里は思い切り伸びをした。

「さて、アイツの元気も確認できたし。俺もやることをやらないとな！」

不安が晴れ、久々の清々しさを胸に後華殿《こうかでん》を出た瞬間だった。

「目と目で通じ合う、か……ほう？」

声に驚いて横を向けば、殿柱の陰に背の高い男が立っていた。

背に流れる髪は、いっぺんの混じりけもない黒色。身に纏《まと》う袍には金糸の刺繍《ししゅう》が施され、佇《たたず》んでいるだけで香り立つ色香。

「お……ぁあぁ……っ」

男の顔がゆっくりとこちらを向く。

この国一の白皙《はくせき》の美貌《びぼう》が微笑んでいた。

「少し話をしようか……月英の恋人殿?」

美丈夫——燕明《えんめい》の額に立った青筋を見て、聡《さと》い万里はこの後の自分の命運を察した。

3

皇帝の執務室で、万里は背中を冷たくしていた。

「さて、恋人の春万里」

執務机に両手で顎杖《あごづえ》をついて座す己が主の笑顔を、これほど恐ろしく感じたことがあっただろうか。

名を呼ばれ、万里はゴクと喉《のど》を鳴らす。

「月英とはいつからそのような関係になったのか、是非とも教えてくれないか?」

「いえ、あの……それは……っ」

いくら滅多に言葉を交わさない相手だとて、これは万里にも分かる。

皇帝は、随分とご立腹されているのだと。

『何でこんなことになってるんだよ!』と、万里は心の中で泣き叫ぶ。

燕明の後ろに佇む彼の側近からも、何故かただならぬ圧が伝わってくる。

容疑者とされている月英よりも、自分の方が酷い状況に置かれているのではないか。

「アイツ……いえ、月英はその……恋人とかではなくてただの太医院仲間と言いますか……第一、男……ですし」

「ははっ、隠し通さなくたっていいぞ」

声は笑っているが、燕明の目は笑っていない。

――勘弁してくれッ！

「駄目ですよ、燕明様。怯《おび》えているではありませんか」

藩季《はんき》が燕明をたしなめたことに、冷静に話を聞いてくれる人がいてくれて良かったと、万里は安《あん》堵《ど》した。

が、次の瞬間に絶望のどん底へと突き落とされる。

「――で、どこまでですか？」

「はへ？」

「月英殿とは、どこまでの関係かと聞いているのですよ」

細い目が薄らと開かれ、まるで片刃の剣のように鋭利な形が描かれていた。内側から覗《のぞ》く黒い瞳《ひとみ》は昏い鈍色を宿し、喉元《のどもと》に刃先を突きつけられているような緊張感が部屋を包んだ。

――ダメだ……話が通じない。

確かに、宮廷では男同士で蜜月《みつげつ》関係になる者もいる。しかし割合で言えば、女人に懸想する官吏の方が遥かに多い。

だというのに、わざわざ少ない方の可能性をここまで心配する必要があるのか。

もしかすると、彼ら自身がそういった恋愛観を持っているが故だろうか――と、そこまで考えて、万里は一つの言葉を思い出す。

『これは僕だけの問題じゃなくて、色んな人に関わってくることだから……』

脳内で再生された月英の発言。

――『色んな人』って……誰だ……？

月英の交友関係の狭さから考えれば、自ずと対象は絞られる。

そして、今この状況だ。

「ま……さか、陛下は月英の性別を……」

随分と濁した物言いだったが、もし自分の考えていることが正解であれば、この言葉だけで充分理解してくれるはずだ。

そして予想通り、万里の発言を聞いた燕明と藩季は、がらりと雰囲気を変えた。

冷ややかな空気が引き潮のようにサッとなくなり、代わりに驚きと焦りが部屋を満たす。

「……春万里」

『恋人の春万里』として呼ばれた時より、遙かに威圧が増していた。

「お前は知っているのか？」

何を、という部分だけ伏せて交わされる会話は、腹の探り合いといったところか。迂闊《うかつ》に月英の秘密を口にして相手が知らなかった場合、大変なことになってしまう。

しかし、万里には確信に似たものがあった。

皇帝と側近は秘密を知っていると。

万里は恭しく頭を下げた。

「はい。陽月英が女人であるということは」

部屋の空気が張り詰めた。

しかし、それも一瞬。すぐに、向かいからは長く深い溜《た》め息《いき》が聞こえてくる。

顔を上げれば、燕明がどこか安堵したように全身から力を抜いていた。

「どうりで、女人でありながら月英が宮廷に入れたわけですね」

「まあ、その件に関してはいろいろあってな。私も最初は男と思っていたのだ」

そういえば、最初は皇帝自らが臨時任官という形で月英を医官にしたのだったか。

万里は、それも致し方がないだろうと深く頷いた。

あの色気のいの字もない小猿を見て、誰が女ではないかなどと最初から疑えるというのだろうか。

無理だ。絶対に無理。

「それで、春万里はどのようにして知ったのだ――って、まさか！」

ガタンッと、燕明は椅子をひっくり返さん勢いで立ち上がった。

「まままさか……白国《ツアスト》に行った際……い、一緒に寝所を共にして……!?」

「ちちちち違いますよ!?　じ、自分が知ったのはその後ですから！」

慌てふためく燕明につられ、万里も懸命に胸の前で手を振り否定する。

それを聞いて燕明は宙に息を流すと、どっかと椅子に腰を落とした。

「とりあえず、まあそういうことだ。これを知っているのは私とそこの藩季だけだが、まさかお前は他言しては……」

「も、もちろん、自分も誰にも言っておりませんからご安心ください！」

部屋に来てから初めて空気が普通のものになった。

万里の呼吸もようやく楽になる。それと同時に、心も楽になった。

もし月英が女だということを皇帝に知られれば、ただで済むわけがないだろうと危なっかしく思っていたのだが、その皇帝自身が味方であるのならこれ以上頼もしいことはない。

「春万里。それでは、お前はどうやって月英の秘密を知ったのだ？」

「それが、本当に偶然の事故なんですが、月英の胸に触れてしまいまして」

「……ほう」

安堵で気が緩んだせいか、部屋の空気が再び凍り付いたことに万里は気付かない。

「自分も最初は何かの間違いかと思ったんですが、その後の月英は、あまりに分かりやすいほど自分を避けるもので」

「……なるほど。あいつが三日ほど太医院を休んだのはそういうわけか」

燕明の目からもスッと温度が消えていっているのだが、それすら気付かず万里は軽くなった口でつらつらとその時の状況を話した。もちろん、追いかけっこの末、壁際に追い詰め医官服を緩めて確認しようとしたことまで。

万里にとって、月英とのやりとりは友人同士のちょっとした喧嘩《けんか》程度であって、そこに他意など何もない。

だから、気付かなかったのだ。

まさか、あの小猿《月英》にそういった想いを寄せる者がいることなど。

「なるほど。お前のために月英は三日も休み、宮廷内では追いかけっこなどという楽しそうなことを繰り広げ――――」

「楽しそう？　え、あの……陛下……？」

どういう意味だろうかと、視線を燕明の後ろにいる藩季へと向ける。

しかし、藩季は顔を逸らし、全身を何かに耐えるようにぷるぷると震わせているではないか。

そこで万里の賢い頭が余計な思考を瞬時に巡らせた。

――ま、まさか……。

「――あまつさえ、月英の禁断の柔肌を露わにしようとしただと……？　ほう……」

「や……やわ……？」

そんなはずはない。

まさかそんな、萬華国《ばんかこく》の至宝とまで言われる彼が、小猿なぞにそのような想いを抱くわけがない。

自分達が敬い仰ぐ絶対的存在が、桃饅頭《ももまんじゆう》で簡単に捕獲できるような存在に心を寄せているなどと。

「う……嘘だ……っ」

万里はたどり着いた結論を拒むように呻《うめ》き後退った。

「藩季」

しかし、燕明のその一言で万里の身体は自由を奪われる。

先ほどまで目の前にいたと思っていた藩季が、まばたきの一瞬で背後に回り込んでいた。

「い、いつの間に⁉」

動くな、とばかりに肩を背後から掴《つか》まれ、耳元に口を寄せられる。

「良かったですね。もし彼女の柔肌を見ていたら、今頃あなたの頭は胴体に別れを告げていましたよ」

「さて、春万里。今後の月英との正しい付き合い方というものを、私とじっくり話そうではないか」

小猿にこれ以上無い心強い味方がいて安堵したのも束の間、同じ香療師として一つ屋根の下で働く自分にとっては、常に命を狙われる日々が始まるのだなと、万里は膝《ひざ》を折った。

──あいつに関わると、本当……。

「ああ、それと。最近、亞妃からよく呼び出しを受けているらしいな？」

「いぃっ⁉」

「まあ、それについてもじっくりと聞かせてもらおうか……時間はたっぷりあるだろう？　香療師殿」

──本ッ当……‼

◆◆◆

万里が命の危機に怯えていたその頃、月英と翔信《しょうしん》は茶心堂《ちゃしんどう》で鄒央《すうおう》に呂阡《ろぜん》から聞いた話を伝えていた。

それを聞いて、鄒央はすぐに準備に取りかかってくれた。

仕事を終えた月英と翔信は再び王宮へと戻り、時間も時間だったものですぐに別れ、月英は今牢《ろう》屋《や》で一人、筵《むしろ》の上で横になっていた。

「あと二日で全部が決まるんだよね」

上手くその二日で犯人が現れてくれればいいのだが。

壁の上の方に空いた窓らしくない窓を見上げ、月英は掛布を頭のてっぺんまで引き上げた。

窓からは夜の虫達のさざめきが聞こえてくる。

どうして夜の虫の声は、こうも胸に心細さを覚えさせるのだろうか。

「このまま皆と別れることになっちゃったら……」

薄暗い牢屋の中、目を閉じなくとも色々と思い浮かんでしまう。

「豪亮《ごうりょう》……春廷……呈太医、皆……」

最初、彼らに対して特別な感情など持っていなかった。日雇いの時と同じように、やることだけやって関わらないようにしようと思っていた。

嫌われるのには慣れていた。

だから、何かをされて腹立ちはしても、それで悲しいなどとは思わなかった。

なのに、今彼らと会えなくなってしまうことを考えれば目が熱くなる。

楽しい。うるさい。優しい。ちょっとしつこい。嬉《うれ》しい。お節介――言葉にできるものだけでは足りないほど、彼らには色々な感情を持ってしまった。

「……劉丹《りゆうたん》殿、どうしてるかなぁ」

自分より先に異国への門をくぐった彼は、今頃どこを旅しているのだろうか。

渡した蜜柑の皮は役立ててくれているだろうか。

きっと、彼の人なつこさなら、言葉が通じなくとも苦労せずに異国の人達と交友を築いていることだろう。

簡単に想像できてしまい、思わずふっと笑みが漏れる。

「猫太郎と猫美は……ちゃんとおやつ貰《もら》えてるかな」

猫と言うより、すっかり友人的存在になってしまった太医院の住猫。

いつも独り言を聞いてもらっていた。返事がなくとも、腰元にくっついた温かさで『聞いてるよ』と言ってくれているようで、つい何でも話してしまう存在だ。

「そういえば、猫太郎と猫美って、万里と亜妃様に似てるんだよね」

お互いちょっかいを掛け合うのに、でも離れない。

そんな人間の方の猫太郎と猫美は、どうしているのだろうか。

「万里が百華園から出てきたってことは多分、芙蓉宮《ふようぐう》に行ってたんだよね」

後華殿《こうかでん》の中を吹き抜ける風に乗って漂ってきた香り。

香療術を禁じられているはずなのに、万里からは様々な植物の香りが薫っていた。内侍官や翔信は、百華園の花の香りくらいにしか思わなかっただろう。しかし、月英には植物と精油の香りを嗅《か》ぎ分けることなど造作ない。

「あれは、間違いなく……」

彼のあの時の身振りを考慮すると、芙蓉宮で密かに香療術を使っているに違いない。

「すっかり香療師なんだから……もう」

もし……万が一のことになっても、彼がいれば香療房は閉ざされることはないだろう。

「良かった。せっかく作ってもらったばっかりなのに、すぐに無くしちゃったら、陛下の迷惑になるところだった」

異国融和策の第一歩がつまずいたとなったら、その後に悪影響を及ぼすかもしれない。

「でも、僕がいなくなっても万里がいれば大丈夫だ」

もし、燕明《えんめい》ともう一度話す機会があれば、万里の有能さを伝えておこう。

「……陛下……藩季様……」

頭まですっぽりと被せた掛布を少し下げ、目だけを出す。

薄暗い天井を眺めながら、口の動きだけで彼の名を呟《つぶや》いてみた。

すると、「月英」と自分を呼ぶ声が聞こえた。

「はは、寂しすぎて幻聴まで聞こえてきちゃった」

牢塔《ろうとう》に誰か入ってきた気配も足音もない。相変わらず、静かで寒々しくて暗いばかり。

「王宮まで二回も往復したし、疲れてるんだな」

寝よ寝よ、と掛布に包まるようにして瞼《まぶた》を閉ざそうとした時。

「おい月英、聞こえてるんだろう。返事くらいせんか」

ガバッと掛布を剥ぐと一緒に、月英は身を起こした。

閉じかけていた瞼は、驚きにクワッと開かれる。

「え……へ、陛下⁉　待って、どこに⁉」

「はは、ここだよここ」

ここまではっきり受け答えができるのだから夢ではないはず。

月英はどこから声がしているのかと、キョロキョロと視線を巡らす。

「ここってどこです」

「上だ、上」

「上？」と月英が顔を上げた先には、あの小さな窓。

確かにその窓から、聞こえるだろー、と燕明の声がしていた。

そこかあ、と思ったのも束の間、脳内で翔信が「接見禁止ー！」と叫んだ。

「な、何やってんですか⁉　ばれたら陛下も危ないですよ！」

声を潜めた中の最大限の音量で月英がわめく。しかし、向こう側からは、はははとのほほんとした声が返ってくるばかり。

「こんな時間に、こんな王宮の西端に来る者などいないさ。しかも牢塔の裏側なぞ」

「でも、衛兵の見回りがあるんじゃ」

「……まあ、心配するな」

「そ、そうですか？」

「そうだ」

その自信の根拠は分からなかったが、この国一番の者がそう言うのならきっと大丈夫なのだろう。

月英は、筵の上から窓の下へと場所を移動する。

壁に背を当てて座ると、ひやりとした石の冷たさが伝わってきて、月英はたぐり寄せた掛布を身体に巻いた。

「月英、どうだ？　無実は証明できそうか」

「はは……ギリギリです」

掛布を握る手に力が籠《こ》もる。

「……陛下、もし……もし、そうなってしまったら本当にすみませ――」

「謝るな、月英。悪いことをしていない者が謝る必要などない」

ずしりと重い声で言葉を遮られる。

声しか聞こえないはずなのに、燕明がどのような顔をしているか分かるようだ。

「でも、もし……っ」

「いつになく弱気だな？　どうした」

ははは、とカラッとした笑い声が聞こえる。

「昔なら別に追い出されようと、何とも思いませんでしたよ。でも今はもう……ここから離れたくないんです」

「そうか」とだけの静かな相づちが返ってきた。

それから暫くの間があった。

「お前がそう思ってくれているのなら、嬉しいものだな」

「嬉しい、ですか？」

「お前をこの世界に引き入れたのを後悔したこともあった。香療師などという役職を与えず、王宮を出て行ったあの日から、それぞれの道で生きていくべきだったのかもと。そうすれば、こんなに辛い目にも遭わずに済んだのではと、ずっと不安だった」

初めて聞く燕明の本音に、思わず月英は背後を振り返った。

しかし、当然そこに燕明の背などあるはずもなく、ただの硬い石壁があるばかり。

「そんな……っ、陛下が香療師っていう役目を与えてくれたおかげで、僕は生きる場所を見つけられたんです！　感謝こそすれ、辛いだなんて思ったことはないですよ！」

月英は拳《こぶし》を壁に打ち付けていた。

「月英……」

「大切なものができたからこそ、失うのが怖いんですよ。この感情だって、香療師にならなきゃ一

ていくことなんてもう考えられない。隠し続けた本当の名を、今では自ら名乗ることができる。

諦《あきら》め続けた人生で諦めないことを覚え、一人ぼっちで生きていくと思っていたのに、一人で生き

それだけでも、月英の全てはまるっと変わってしまった。

たった一年にも満たない期間。

生味わうこともなかったものです」

「陛下……僕、幸せですよ」

嘘偽りない気持ちだった。

再び沈黙がやってくる。虫の声がいやに大きく聞こえる。

このリリリと鳴く虫は何だっただろうか。

今、空の色は何色だろうか。

風に乗って流れてくる香りはどんなだろうか。

一年前まで、そんなことを考える余裕すらなかった。

もう充分だ、と月英が思った時、ようやく頭上の窓から声が降ってくる。

「なあ、月英……名を呼んでくれないか」

「え、誰のです？」

「俺の」

「陛下のですか⁉」

また随分と突拍子もないお願いだなと、月英は一人目を瞬かせた。

「ずっと殿下か陛下だろう。そろそろ名で呼んでくれてもいいんじゃないか」

「いえいえいえ、そろそろとかないですよ。陛下は陛下ですし」

「藩季だって俺のことは名で呼ぶんだが？」

「歴が違うんですから当たり前じゃないですか。それにまず立場も違いますし」

「藩季の娘ならば、父が呼ぶのと同じ呼び方をするべきとは思わないのか。子は父を見て育つのではないのか」

暴論もいいところだ。

「それに、俺はお前とは皇太子として出会っていない。お前は俺をただの燕明という官吏と思っていたな。であれば、やはり出会った当初の認識で呼ぶべきではないのか」

「え、えぇ……」

なぜ、そこまでして。

月英が若干引いた声を漏らしても、燕明の矢継ぎ早な説得は続く。

「今だけでいい。俺とお前しか聞いてないんだから、ちょっとくらい呼んでみろ。何か発見があるかもしれないぞ、ほら」

ここまで言われると、何だか本当に、名を呼ぶことで何かしらの発見があるのではという気すらしてきた。

――ま、まあ確かに誰もいないなら……本人が良いって言ってるし。

「い、今だけ……ですよ？」

返事はなかった。

待っているから言え、ということなのだろう。

月英は間違わないようにと彼の名を頭の中で繰り返し、口にする。

「え……燕明……様」

呼び慣れないせいなのか、口ずさんだ唇がチリチリと痺《しび》れる感じがした。

さて彼の反応は、と思ったが返事はない。

ただ、ややあって、咳《せ》き込む声が聞こえてきた。

「よく聞こえなかった。もう一回」

「えっ⁉　絶対聞こえてましたよね⁉」

絶対に咳《せき》をする音より、自分の声の方が大きかったと思うのだが。

「いーや、何も聞こえなかった。ほら、もう一回」

「……っ燕明様」

「最後の『様』しか聞こえなかった。もっとはっきり言ってくれないと」

「どうして急に耳が遠くなってるんです」

突発的な加齢なのか。姿は見えないが、もしや髪が白くなっているのでは。

燕明は月英の異議は無視し、「ほら」と再度を急かしている。しかも、声音はどこか楽しそうだ。

完全に揶揄《からか》われているのだと察するが、呼ばなければ終わりそうもない燕明の「もう一回」に、月英の方が先に折れた。

「〰っえ・ん・め・い・様‼」

半ばやけくそに。

向こう側からあっはっはと、とても愉快そうな笑い声が聞こえてくる。ちくしょう。

「ありがとう、月英。とても嬉《うれ》しいよ」

「面白いの間違いでしょ。まったく……今回だけですからね、燕明様」

「本当に嬉しいさ。誰に呼ばれるより、お前に呼ばれるのが一番嬉しい」

「そ、それなら良かったですよ」

先ほどは壁を邪魔に思ったが、今は壁があってくれて良かったと思った。

手で扇いで顔に風を送る。ヒヤリとして気持ちよかった。

すると、いつの間にか笑い声は収まっており、代わりに「月英」と言う神妙な声が降ってくる。

「……俺が座る椅子は、座り心地がよさそうに見えるだろう。身に纏《まと》った袍は、肌触りが良さそうに思うだろう」

相づちを必要としていない話し方だったため、月英は耳だけを傾けた。

「だが、椅子は硬く冷たいし、袍は鉛を編んで作られたように重いんだ」

彼は今どのような顔をしているのだろうか。

膝《ひざ》を抱えてはいないか。

また目の下に隈《くま》など作ってはいないか。

心配とはまた違った感情が、月英の心をぎゅうと握りしめる。

「月英……俺を一人にしないでくれ」

「はい」

考えるまでもなく、勝手に言葉が口を衝いて出た。

「俺も決してお前を一人にはしない」

掛布を掴《つか》む月英の手は、いつの間にか拳を握っていた。

「私ももちろん、一人になどしませんよ」

突然、壁の向こうから燕明《えんめい》以外の声が聞こえた。声だけでも誰が向こう側にやってきたのか、月英にはすぐに分かる。

「藩季様！」

壁の向こうが騒がしくなる気配があって、わやわやとした声が窓から漏れ聞こえてくる。

「お前、衛兵の見張りはどうしたんだ！　こちらに来ないようにしろと頼んだはずだぞ!?」

なるほど。大丈夫だと言った理由が分かった。

「ははっ、そんなのとうに眠ってもら…………」

「………」

「眠られてますよ。よっぽど眠かったのでしょうね、夜ですし」

「藩季ィッ！」

相変わらずの二人だなと、思わずプッと笑いが噴き出る。

「藩季様、お元気そうで何よりです」

「月英殿、この変態のお願い事を聞いてくださって、ありがとうございます」

燕明の「藩季ィ」という声を背後に、藩季の声がよりハッキリと聞こえる。恐らく窓に向かって喋《しゃべ》ってくれているのだろう。

「月英殿、私からもお願いがあるのですが聞いてくれますか？」

「もちろんです、僕にできることなら」

彼がお願い事とは珍しい。

いつも月英のお願い事を聞くのが願いだとばかりに、過分な施しをされてきた身としては、初めてだろうそれに興味がわく。

「牢塔《ろうとう》を出たら、抱きしめさせてください」

「あ……」

これを彼のお願い事とするのは、少々自分に都合が良すぎないか。

藩季の声音から滲《にじ》むのは、官吏の藩季としての心ではない。月英の父親としての気持ちだった。

「……っはい」

「待ってますから」

「はい、待っててください」

月英は胸に拳を押し当てた。

これは何が何でも、無実を証明しなければならない。

自分のためだけじゃない。信じてくれている彼らに報いるためにもだ。

「それでは疲れているでしょうから、月英殿はもうお休みになってください」

「おやすみなさい」と返事をすれば、藩季の声が遠くなる。

「さあ、そろそろ私達も戻りませんと」

「お前が寝かせた衛兵が起きるからか？」

「私、こう見えても子守唄《うた》には定評があるんですよ」

「はっ、どうせ昏倒《こんとう》するほどの駄声という定評だろう」

「まあ、私の美声が駄声に聞こえるだなんて……燕明様はとうとう耳まで逝ってしまわれたのですね」

「待て、耳まではどういう意味だ。までとは」

「え、頭は元よりですが」

「よし、衛兵が起きたらお前を牢塔《ここ》にぶち込んでもらおう」

遠ざかる二人の声を聞きながら、月英は筵《むしろ》の上に横になった。

──きっと大丈夫。上手くいく。

彼らが望むのなら、何でも叶《かな》えられそうな気がする。

4

「なるほど。そういう方法があったんだね」

翌日、月英と翔信《しょうしん》はさっそくに東明飯店《とうめいはんてん》を訪ねていた。

「長くても明日までですから。張朱朱《ちょうしゅしゅ》さんには迷惑でしょうが、あと少し協力をお願いします」

すみません、と頭を下げた月英。

それに対し、張朱朱は今までとは違った様子を見せる。

「悪かったね」

張朱朱の突然の謝罪に、月英は「え？」と顔を上げた。

「あんたらのこと、話も聞かず疑ったりして」

「いえ、それは当たり前というか。自分の大切なお店が被害にあったんですから、張朱朱さんの反応は普通のことでしょう」

移香茶が原因で迷惑を被ったのだ。ならば、その移香茶を作った者に怒りを向けるのは当然のことだと思うが。

「突然どうしたんですか。だって昨日までは……」

最初に比べ険は落ちていたものの、昨日の時点ではまだ疑いを持たれていたはず。

すると彼女は、自分の前髪をくしゃくしゃと乱し「あー」と焦った声を漏らす。

「最初は、言い訳を並べに来たと思ったんだよ。それで、また扱ってくれって頼み込むつもりだろうって……でも昨日、あんた達は一言もそのことには触れなかっただろう。むしろ、犯人を捕まえることだけに一生懸命で。診療所に駆けていくあんた達の姿を見たらさ、本当に今回の件には関わってないんじゃないかって思えてね。今日だって、移香茶がどうとかは言わず、手伝ってくれって頭を下げて」

「張朱朱さん……」

「朱朱でいいよ」

ふっ、と彼女の唇が柔らかい弧を描いた。

たちまち月英の表情も輝く。

だってそれは、彼女が赦した者しか呼べない名。

「まあ、真犯人が捕まって初めて充分って言えるだろうけど、それでもあんたらは事実をあたしに見せてくれたからね」

綺麗《きれい》に片目だけ瞬きさせた張朱朱はとても魅力的だった。

「絶対に、犯人を捕まえて、御史台に連れて行かれる前に朱朱さんに差し出しますから！」

「ああ、一発殴らせておくれ」

二人して微笑みを交わす一方、少し離れたところで翔信が目を半分にしていた。

「微笑ましい雰囲気で会話は野蛮なんだよな。朱朱さん、どうか犯人と一緒に俺にも一発お願いします」

何でだい、と首を傾げた朱朱に対し、月英は無言で道ばたに落ちて踏まれた桃饅頭《ももまんじゅう》を見るような目を翔信に向けていた。

「ああ……っ、だからその目はだめだって、月英。お前じゃなくてどうか朱朱さんに……！」

「…………」

刑部に訴えたらこれも罪として裁いてくれないだろうか。

そんなことを願っていると、「さあ」と張朱朱がパンッと手を叩《たた》いた。

「そろそろ配達人が来る時間だよ」

言って、彼女が東明飯店の入り口に目を向けた時、ちょうど計ったかのように「こんにちは」との声が聞こえた。

◆◆◆

入り口で張朱朱が配達人から荷を受け取るのを、扉の陰に身を潜めて確認する月英と翔信。

話が終わった張朱朱が店に戻り扉を閉めれば、二人は飛びつくように荷に駆け寄る。

割り印は、鄒央《すうおう》が指定通り押してくれているのなら二カ所あるはず。

荷の表の目立つ場所に一つ。

――まず、一つ目の印は……！

印がズレていないか確認する。

「合ってる！」

包の蓋《ふた》と地の部分に掛かった印は、きっちりズレることなく押されていた。

「じゃあ、二つ目だ」

翔信の声に、月英は手にした荷をくるくるとひっくり返す。

「目立たないところって言ってたから……多分裏とか隅とか……」

どこに押してあるのか月英達も知らず、目をこらして二つ目を探す。どうやら表のとは違った印を使っているようだ。表の印ならば大きくてすぐに見つけられるのだが。

どこだどこだと次第に眉間《みけん》に皺《しわ》が寄りはじめる中、翔信が「あっ」と荷を手で押さえた。

「あった！　ここの隅だ」

指で示されてようやく気付いた、小さな印。

これは最初から二つあると教えられていなければ気付かない。

そして――。

「ズレてる⁉」

印は表の大きなものと違い、半円分はズレていた。

「朱朱さん、今の配達人は！」

「は、配達人なら次の配達先にって、そこの角を曲がっていったけど……まさか、本当に？　そんな悪人には見えなかったけど」

張朱朱は驚きを隠せない様子で、指を控えめに右に向けていた。

彼女の気持ちも分かる。

扉の陰から彼女と配達人の会話を盗み聞きしていた月英も、そのような雰囲気は感じなかったのだから。気さくな配達人だな、という印象しかない。

「とりあえず、間違いでも直接聞いてみれば分かることですから」

「おい月英、行くぞ！」

月英が張朱朱に声を掛ける時間も惜しいというように、先に翔信が店を飛び出す。月英もすぐに後を追って出た。

張朱朱に言われたとおり、店を出てすぐの角を曲がる。

さすがは配達人。歩いて配達をしているということはないのだろう。そんなに時間は経っていないはずなのに、もう姿は見えなかった。

「まさかだよ！　いや、探してたんだから当然だけどさ、本当にその瞬間が来ると焦るもんなんだな」

「しかも、本当に印の二つ目がズレてましたね。さすが呂内侍ですね」

呂阡《ろぜん》は二つ割り印を用意しろと言った時、その理由を、開封された場合、開封者は表の目立つ方だけきっちり合わせ、裏は絶対に見落とすだろうからと言っていた。

実際、本当にその通りになったものだから、素直に感心を覚える。

「おい、先の道が二つに分かれてるぞ⁉」

路地の奥はさらに左右に道が分かれており、配達人がどちらへ行ったのか分からなかった。

「ええ！　じゃあ、分かれます⁉」

「いや、俺はお前の監視役だし……」

「でも間違ってたら取り逃がしちゃいますよ」

こうして喋っている間も二人は走っているため、ぐんぐんと岐路は近づく。

「早く！　早く！　翔信殿！　決めないなら僕は勝手に左に行きますからね！」

「え、あ⁉　ちょっ！　──っああもう！　見つけたらすぐに叫んででも呼べよ⁉」

「りょーかいっ！」

月英は左の道へと飛び込んだ。

「って言っても、配達人の顔は見てないし……目印っていえば、配達人が使う籠《かご》だけだし」

ぶつぶつと呟《つぶや》きながらも、左右に目を配りながら路地を駆け抜けていく。

大通りから外れると途端に路は狭く荒くなり、躓《つまず》かないように足元の石をよけながら走ることになる。

「配達人ってどれだけ速いの⁉」

結構な速さでもう随分と走っていると思うが、それでも籠を持った者は見当たらない。

これは、ハズレを引いたかなと思った矢先、路地のさらに枝分かれした路の奥にそれらしき人物が見えた。

「いた！」

すぐに後を追って奥へと入る。

路に面した店は昼も近いのに沈黙しており、どんどんと人気《ひとけ》もなくなっていく。

「すみません！　そこの配達の方、待ってください！」

呼び止めようと声を上げるも、聞こえないのか配達人の足が緩むことはない。

「あれ、聞こえないのかな？」

結構大きな声だと思うが。

「すみませーん！　そこの籠を背負った人！　落としましたよー！」

今、月英の視界にいる者達の中で、籠を背負っている人物は目の前の配達人とおぼしき者だけ。

しかし、配達人はまるで振り返る素振りもない。

かなりの大声で叫んでいるのだ。気付かないはずがない。現に、周囲の者達はチラチラと何事だと月英を振り返っている。しかも、嘘ではあるが「落とした」と言っているのに、一切を気にしないとなると怪しさ満点だ。

「――って、ちょっと⁉」

呼び止めているのに、なぜか配達人の速度がぐんと上がった。

「もう間違いないでしょ、これ」

このまま後を追って走っていても、最初から全力疾走している月英の方が不利である。きっとすぐに見失ってしまう。

そこで何を思ったか、月英は一旦《いったん》足を止めた。

そうして、先行く配達人の進路をじいっと確認すると、次に周囲をキョロキョロと見渡し、にぃと口端をつり上げる。

「下民を舐《な》めてもらっちゃ困るね」

次の瞬間、月英は配達人が消えた先とは違う路地へと身を滑らせた。

配達人は背後から追ってくる者の気配がなくなって、ようやく足を緩める。

「……っ一体誰が……まさか気付かれたわけじゃ……」

配達人の男は上がった息を整えるため、一度立ち止まって後ろを振り返った。

しかし、やはりそこには自分を追う影などなく、男は深呼吸と一緒に安堵《あんど》の息を吐く。

「そろそろ潮時か……一度目は成功したんだし、これ以上は必要ないか？」

男がぶつぶつと独り言を呟き、思案にふけっていたその時。

「見ぃつけたああああああ！」

先ほど背後から聞こえていたのと同じ声が、突如、頭上から降りかかった。

顔を向ければ、隣家の壁の上に少年が仁王立ちしているではないか。

「色んな場所で働かされ続けた僕の土地勘を侮ってもらっちゃ困りますね！」

少年——月英が、壁の上から飛び降り、配達人の前に立《た》ち塞《ふさ》がった。

「特にここら辺りの裏路地に関しちゃ、僕の方が詳しいですよ」

男が逃げ込んだ場所は、かつての月英の職場——花街であり、下民区を含むここら一帯は、月英にとっては庭のようなものである。

月英は男へと歩みを進めた。

笠《かさ》を被った男の顔は、取り立てた特徴はないのっぺりとしたもの。恐らく張朱朱に配達人の特徴を教えられたとしても、見つけることはできなかっただろう。

「あなたですよね。僕の移香茶の茶葉に変なものを混ぜた人は」

「……だとしたら？」

「当然、一緒に御史台に行ってもらいますよ。じゃないと、僕の無実が証明されない」

しかし、当然目の前の男は素直に「分かりました」などとは言わないだろう。

だから月英は少し脅しをかけてみることにする。

「知ってます？　花街って店ごとに用心棒を置いてたりするんですよ」

酒に酔った客が店の妓女《ぎじょ》に危害を加えたり、懸想しすぎた者が妓女を連れ出したりと、日夜問題に事欠かないのが花街だ。

当然、店の商品である妓女を守るため、楼主達は対抗手段として用心棒などを常駐させている。

「用心棒って町人の諍《いさか》いには手出ししないですが、少しでも妓女に何かあると、地の果てまで追いかけて滅多打ちするんですよ。二度と妓女に変な気を起こさないようにって。ここで僕が妓女のふりして助けを呼んだらどうなるか――」

「では、呼ばれる前に始末するとしよう」

男は平然として、懐から短刀を取り出した。

「――ってえええええ⁉　配達人が戦えるだなんて聞いてない！」

ぎらりと鈍く光る刃に、月英は驚きに声を大きくする。

向けられる男の目は冗談や脅しではなく、手に持つ短刀と同じ鋭利な光を宿している。

「えっと、ここは穏便に……」

済むはずがなかった。

男は配達人とは思えぬ素早さで月英に向かって疾駆する。

これはもう駄目だと、月英が悲鳴を上げながらうずくまった時、金属の弾けるような音が思ったよりも遠い位置で聞こえた。

「……ほえ？」

涙目になりながらも様子確認に顔を上げてみれば、目の前には誰かの背中があった。

「大丈夫ですか、月英殿？」

「は、藩季様⁉」

振り向いて見せた顔に、月英は驚きの声を上げた。

どうして彼がここに――そんな疑問が思い浮かぶも、それよりも安堵の方が大きく、月英はへろへろとその場に尻餅《しりもち》をつく。

くす、と藩季のいつも弓なりになった目が、さらに山なりになる。

すると、ふわりと彼の手で目を覆われた。

「月英殿、私が良いと言うまで少しの間、目を閉じていてください」

こんな状況で目を閉じるというのに、不思議と抵抗はなかった。

月英がコクリと頷《うなず》くと、藩季の「良い子ですね」という声が聞こえ、しばらく後に誰かの呻《うめ》き声が聞こえた。

尾を引くような呻きがプツリと途切れれば、静けさが戻ってくる。

――も、もう目を開けてもいいかな。

などと思っていると、今度は突然の浮遊感に襲われた。

「うわ!?　え！　藩季様!?」

突然のことに目を開けそうになったが、藩季の「まだですよ」という声で耐える。

横抱きにされていることと移動していることは、伝わってくる振動や手の位置で分かった。

背中を支える藩季の腕は、骨張っていて硬かったが、温かくとても優しいものだった。

落ちないようにと藩季の袍に縋《すが》っていると、ピタリと振動がやんだ。

「もういいですよ」

ゆっくりと地面に下ろされ、目を開ければ、やはりいつもと変わらぬ柔和な顔をした藩季がそこにいた。

「助けてくださってありがとうございます、藩季様」

「はい、どういたしまして」

藩季は懐から小さな布袋を出すと、月英の手を取って乗せた。

「これは？」

「あの配達人が持っていたものです。おそらくは移香茶に混ぜられたものかと」

「証拠品！」

まさか、証拠品が手に入れられるとは思っていなかった。

「あの配達人はまだ生きてますよ。拘束してありますので、あとは翔信《しょうしん》殿に任せればいいでしょう。

私の方からも御史台に連絡を入れておきますし、あとは刑部が上手くやってくれますよ」

何から何までありがたい。

すると、藩季は口の前で人差し指を立てる。

「私に会ったことは内緒ですからね。接見禁止……守らないと、李《り》尚書がうるさいですし」

そう言うと、藩季はするりと、まるで風のように横の路地へと身を滑らせた。

「あ、藩季様」

すぐに後を追って路地をのぞきこんでみるも、もう彼の姿はどこにもなかった。

「おっ、月英ー！」

そこへ、別れた方向から翔信の声が飛んでくる。

「翔信殿！」

額に滲《にじ》んだ汗を拭《ぬぐ》い、もうへとへとなのか月英の隣まで来ると、彼は膝《ひざ》に手をついて全身で息をしていた。

「どうだ、そっちはいたか？」

月英は彼に、藩季から渡された小袋を自信満々に差し出した。

「ばっちりですよ」

#【終章】

1

路《みち》の真ん中でぐるぐるに拘束された配達人と小袋を翔信に渡せば、すぐに御史台と刑部に連絡が行き、配達人は牢塔《ろうとう》へと収監されることとなった。

それと入れ替わるようにして、月英《げつえい》は晴れて牢屋《ろうや》から解放された。

「やっぱり、『出される』と『出る』とじゃ全然違うなあ」

いつもは翔信が迎えに来て初めて牢塔の外へと踏み出せていたが、今、月英は初めて一人で牢塔の外へと出た。

「お世話になりました」と入り口の衛兵達に頭を下げれば、「出てからも、たんと食べるんですよ！」との声が返ってきた。お母さん。

牢塔から宮廷中心部へ通じる道を、月英は大きく伸びをしながら歩く。

昨日までと同じ景色や空気だというのに、吸い込まれる空気は爽《さわ》やかで、目に映る緑の小道はまるでおとぎ話の世界のように輝いて見える。

「月英殿」

世界はこんなにも綺麗《きれい》だったんだ、と景色を堪能するようにキョロキョロしながら歩いていれば、目の前から自分を呼ぶ声が聞こえた。

「あ、藩季《はんき》様！」

路の真ん中に藩季が立っていた。

「昨日はどうもありが――」

すると藩季は、何も言わずに両腕をすっと横に開いた。

月英の脳内で、ある夜の言葉が響く。

『牢塔を出たら、抱きしめさせてください』

まさか、本当に出た瞬間だとは思わなかった。

「月英」

くっと月英の口角が引きつったように下がる。

いつもと違う藩季の呼び方に、広げられた腕の意味の深さを知る。

しかし、月英の足は、地面にくっついてしまったかのように動かない。気持ちと状況への理解が噛《か》み合わない。心では今すぐにでも飛んでいきたいのに、頭が初めての状況に怯《おび》え、本当に行っても良いのかと妨げる。

こういう場合、月英にはどうしたら良いのか分からない。

月英は口を薄く開いてはくはくとさせ、藩季を見つめた。

そんな月英を見て、藩季はたった一言だけを囁《ささや》く。

「おいで」

気持ちが全てに勝った。

月英は藩季の胸に飛び込んでいた。

掛ける言葉も力加減も分からず、ただ藩季に飛び込んだ。あまりの手加減のなさに彼が転んでしまうのではと自分でも思ったが、しかし彼は揺らぐことなく受け止めてくれた。

「お帰りなさい、月英」

開いていた腕が背に回される。

「ただいまです……っ！」

身体の中の何かが緩んだようで、ぶわっと目に熱いものがあふれてくる。

「よく一人で頑張りましたね」

背中を温かな手が優しく撫《な》でれば、月英の目からはぽろぽろと雫《しずく》がこぼれ落ちた。藩季の胸元を濡《ぬ》らしていることは分かっているが、それでも月英は猫がそうするように、彼の胸に頭を擦り付ける。

「おやおや、どうやら随分と気を張っていたようですね」

「……っ」

本当は怖かった。

宮廷を追い出されてしまうかもしれないこと。

香療術を取り上げられてしまうかもしれないこと。

大切な仲間達に会えなくなってしまうかもしれないこと。

もう……誰からも『月英』と笑いかけてもらえなくなるかもしれないこと。

「大丈夫ですよ。もう、全て元通りですから」

ゆっくりと藩季の身体が離れる。

あらあらと言いながら、彼はグズグズになった顔を袖《そで》で拭ってくれた。

「本当はもっと一緒にいたいですが、あなたを待っているのは私だけではありませんからね」

藩季の指が北東を指さしていた。

その指の先にあるのは——。

「行ってらっしゃい、月英。皆待ってますよ」

月英はズッと鼻をすすると、こくりと頷いた。

「はい、父さん」

一瞬、面食らった顔をした藩季だったが、すぐに眉《まゆ》も目尻《めじり》も垂らし、愛しくてしょうがないとばかりの笑みを漏らして月英を抱きしめた。

2

内朝の西側に位置する太医院。

一週間ぶりに立ち入る領域に、月英は緊張しながら歩を進める。

「また一から精油を作り直さないといけないんだよなあ」

解放手続きの際、持って行った精油をどうしたかと御史台に聞いたら、しっかりと保管されているとのことだった。

日当たり抜群な窓辺で。泣いた。

「季節物の材料を使った精油はもうしょうがないとして、とりあえずよく出るのだけでも作らないと」

見えてきた香療房に、思わず息をのんでしまう。

「ああっ、すっからかんの香療房を見るのが怖い！」

それでも扉を開けなければ仕事ができない。

月英は覚悟を決めて、エイヤッと香療房の扉を開けた。

「ただいま！」

「おう、お帰り」

「え……」

月英は驚いた。

きっと何もない房には誰もいないだろうな、と思っていた中で返事があったことにもだが、香療房の中いっぱいに薫る様々な香りに。

竈を見れば、一つだった蒸留用の鍋《なべ》が二つに増えているし、机の上には薄荷《ミント》や蜜柑《オレンジ》の皮など、月英が必要だと思っていたものがすでにこんもりと盛られている。

「おいおい、そんなとこに突っ立って何してんだよ」

さっさと入れよ、と万里《ばんり》は月英の元まで来ると、手を取り房の中へと引き入れた。

「あ、いや……ごめん。驚きすぎちゃって」

万里はまだ水蒸気蒸留法での精油をいくつかしか作れなかったはず。なのに、机の上には教えていない植物や、花びらが並べられた冷浸法の玻璃《ガラス》板まで置いてある。

目をパチパチさせていると、万里は得意げな顔で「まだだよ」と薬棚へと向かった。

「さすがに全部は、材料の都合もあって無理だったんだけどよ……」

「え、待って。全部はってどういうこと……だって確か御史台に没収されて薬棚は空っぽのはずじゃ」

「それは……どうかな！」

パタパタと薬棚の扉が開けられていく。その中には真新しい白の精油瓶がちょこんと鎮座しており、全ての棚の半分ほどは埋まっていた。

「言っただろう。香療房は任せろって――って、格好付けたいんだけど、実はこれらはオレだけの力じゃないんだよ」

「万里だけじゃない……って、もしかして君が百華園にいたのは！」

万里は頷《うなず》いた。

「あのお姫様が、毎日なんだかんだ理由付けて呼び出してくれてさ。おかげで御史台に見咎《みとが》められることなく、芙蓉宮《ふようぐう》の竈を使って精油作りができたんだよ」

「亜妃様《あひ》……」

胸がじんと痺《しび》れる。

「あと、侍女三人組が、百華園内で色んな花を摘んできてくれたりしてな。おかげでギリギリ間に合った、ぞ！」

ドンッと目の前の机に重そうな布袋が載せられた。

蜜柑《オレンジ》の皮を詰める麻袋に似ているが、布袋から蜜柑《オレンジ》の香りは漂ってこない。

月英が首を傾げつつ目で見てもいいかと問うと、彼はすぐに頷き返す。

恐る恐るといった手つきで袋を開け、中を覗《のぞ》いた瞬間、月英は「えっ」と声を上げた。

「万里！　これってもしかして移香茶の茶葉⁉」

袋に詰まっていたのは、全て暗緑色の茶葉。

「しかもこの香りって……茉莉花《ジャスミン》だよね⁉」

茶葉の苦い爽やかな香りの中で、ふわりと薫る甘い香り——それは間違いなく茉莉花《ジャスミン》だった。

間に合ったという彼の台詞は、茉莉花《ジャスミン》の開花がすっかりこの一週間で終わってしまったことから来たのだろう。それまでに花を集められたと。

「いや、それでもこの量は……」

どれだけの茉莉花《ジャスミン》を集めたのか。袋にはぎっしりと茶葉が詰まっており、この茶葉全てに香りを付けようとすれば、両手でも足りないほどの花が必要となったはずだ。

「どうやって作ったの、万里！」

月英の驚きに、万里は誇らしそうに胸を反らし片口を上げる。

「茉莉花《ジャスミン》の香りが一番強くなるのは、花開く寸前の夜だろ。濃い香りを放つ分、茶葉に挟む枚数を減らせる。つまりその分量産できるって寸法よ！」

月英は額を手で打った。

「そうだった……確かに、茉莉花《ジャスミン》にはそんな特性があったんだった。でも、どこでそんな知識を？」

万里は懐から紺色の本を取り出す。

「それって……」

「全部、これのおかげだよ。精油の作り方も、茉莉花《ジャスミン》のことも、オマエが追記した直接茶葉に香りを吸わせる方法も……全部、この【陽氏香療之術法】っていう本があったからできたことだったんだ」

万里が手にしていたのは、父の陽光英《こうえい》が唯一月英に遺した西国香療之術法という本。西国の部分はかつて破られ、そこには燕明《えんめい》が別の紙を接《つ》いで『陽氏』と記してくれていた。

すっかり暗記してしまって、香療房に置いたままにしていたのだが、まさか万里が自ら読んでくれていたとは。

しかも最後に見た時より、本の頁がめくれあがっている。

この短期間で、どれだけ彼が読んでくれたのか。

父の遺した術が、陽の血――自分以外の者へと確かに継がれたことに、月英は震える思いだった。

たった一人。それでも無から有への一歩はとてつもなく大きなもの。

「ちなみに、この蜜柑《オレンジ》の精油はオレでも亞妃様でもなくて、豪亮《ごうりよう》さんだ」

「っあははは！　分かる、分かるよ！　だって、蜜柑《オレンジ》の精油瓶だけ棚いっぱいに並んでるんだもん！」

きっと豪亮が自慢の筋肉を使って、たくさん搾ってくれたのだろう。どれだけの蜜柑《オレンジ》の皮を踏めばこれほどの量が作れるのか。

「もう……太医院にも、芙蓉宮にも足を向けて寝られないね」

万里の手から本を受け取り、月英は胸に抱きしめた。

「おい、押すなって！　馬鹿、このっ⁉」

すると、香療房の外からガヤガヤとした声が聞こえてきた――と思った瞬間、扉が開いてバタバタとむさ苦しい男達がなだれ込んでくるではないか。

「み、皆！」

浅葱色《あさぎいろ》の医官達が積み重なった様子は、まるで新緑季節の山のようだ。へんな呻《うめ》きが聞こえるが。

一番下には恐らく豪亮だろう巨木が倒れている。

無事かを確認しようと月英が近づくと、一番下の巨木が――いや、豪亮が上に乗る医官達を跳ね飛ばす勢いでむくっと起き上がった。

「無事か、月英！」

ガバと肩を鷲《わし》づかまれ、前後に揺らされる月英。

「痛いことされてない⁉」

「たんと飯を食わせてもらってたか⁉」

医官達は口々に月英を心配する言葉を口にする。

今現在、前後に揺すられすぎて大丈夫じゃない状況にあるのだが。

「あぁ……こんなにガリガリに痩《や》せ――いや……、変わってねえな」

豪亮が月英の袖をまくり腕を確認する。

「頬ももっちりふかふかしてるわよ」

春廷《しゅんてい》も、月英の頬を摘まんでは引っ張ってその弾力を確認する。

「あ、どうも。良い壁さん」

「誰が壁よ！」

予想以上に月英が変わりなく、元気があることを知って、押しかけた医官一同は安堵《あんど》の息を吐いた。

「皆、心配かけちゃってごめんね」

「まったくだよ」「少しは大人しくしててくれ」などの声が飛ぶ。皆の顔は辟易《へきえき》しているが漏らす声はどこか温かい。

「本当。月英がいると毎日退屈しないわよね」

「おかげで暇で膿《う》むことはねえよ、なっ！」

「うわわっ⁉」

突然、豪亮が月英を肩の上に担ぎ上げ、まるで猫のように肩に座らせた。

「ちょっと豪亮⁉」

不安定な体勢で抗議の声を上げる月英に、しかし豪亮は呵々《かか》として笑う。

「まるで嵐みたいな奴だよな、お前はよ。太医院の青嵐《せいらん》だわ！」

碧《あお》い瞳《ひとみ》を見つめ、豪亮はニカッと大きな歯を見せて笑った。

こんなに清々しい笑みを向けられるようになるとは、太医院に臨時任官した時には誰が予想できただろうか。

「っ豪亮……」

今日は、一体何度瞼《まぶた》を濡《ぬ》らせば良いのだろうか。

自分を見つめる皆の視線で身体が熱くなる。

「ご、豪りょ――っ⁉」

感極まって、月英が豪亮の頭に抱きつこうとした時だった。

「うおあああ⁉　それ以上は危ない！　豪亮さんの命が！」

焦った万里が、豪亮からひょいっと月英を抱え奪う。

皆、万里の行動にきょとんとしていた。月英も、そこまで出かかっていた涙がひゅっと引っ込んでしまった。

「ど、どうしたのよ、万里？」

「俺の命？」

「い、いやぁ、はは……」

万里は曖昧《あいまい》で下手くそな笑みを浮かべながら、月英を抱えたままじりじりと医官達から距離をとる。そして、わざとらしい「あ！」という声を上げた。

「月英！　亞妃様のとこに行かないとだよな！　今回のことで随分と世話になったし、オマエが解放されたって知って待ってると思うぜ」

「う、うん？　それもそうだね」

「よし！　じゃあ善は急げで……すみません、先輩方！　オレ達ちょっと行ってきます！」

言うやいなや、万里は月英を小脇に抱えて、バタバタと香療房を出て行ってしまった。

先ほどまでの喧噪《けんそう》が嘘のように、あっという間に静かになった香療房。

医官達は皆、目を瞬かせて二人が去った方を見つめていた。

「もっと落ち着いた奴かと思ってたが、随分と面白い奴だったんだな……お前の弟」

「本当ね。まるで昔のあの子に戻ったみたい」

豪亮はチラと横目に春廷を確認し、ふっと口元をほころばせる。

「お前がそんな顔するなんてな……良かったな」

ええ、と春廷はゆっくりと噛《か》みしめるように頷いた。

「月英には、色々なものをもらうわね」

3

「月英様！」

「リィ様！」

芙蓉宮の一室に飛び込んだ月英は、そのまま目の前にいた亞妃に抱きついた。亞妃も月英を受け入れ、同じく背中に手を回す。

「もう……っ、心配させないでくださいませ」

「はは、すみません」

最後にもう一度力強く抱きしめると、二人は一時の抱擁を解き、あるべき距離に戻る。

「必ず戻ってくると信じておりました」

「万里から聞きましたよ。色々と助けていただいたようで……おかげで、また香療師としてここに立つことができました」

亞妃はゆるゆると首を横に振った。

「わたくしはあなたに教えられたことをしたまでですわ。困っている者に手を差し伸べるという、当たり前のことを」

「リィ様……」

「月英さまあああ！　ごめんなさいいいいぃん！」

当然の横からの衝撃に、月英は身体をくの字にして吹っ飛んだ。亞妃や万里が「月英様⁉」「月英！」と慌てふためいている。

「わだじがぁ……っ、移香茶を売ろうだなんで言い出じだぜいでぇ……！」

「鄒鈴《すうりん》さん、大丈夫ですから。落ち着いてください、ね？」

床に転がったまま、鄒鈴は月英に抱きついて、涙とも鼻水ともよく分からない汁で医官服を濡らす。

「それに、僕の方こそ茶心堂《ちゃしんどう》には迷惑をかけてしまったわけで」

「あ、それは大丈夫ですう。それまでにたんまり稼がせてもらったらしいですから」

さすがは商売人。取りっぱぐれはしないようだ。

ズビと鼻をすりつつ、どこか誇らしそうに鼻をツンと上向かせる鄒鈴。するとその鼻先を細い指でピンと弾く者が。

「何すんですかぁ！　痛いじゃないですか、明敬《めいけい》さん！」

「あんたが威張ることじゃないでしょ」

明敬だった。

「明敬さんも李陶花《りとうか》さんも、色々と手伝ってくださったようで、ありがとうございます」

「そんな月英様、あたし達は亞妃様の言うとおり、自分のやりたいことをやっただけですから」

「そうですよ。それに、私は全くの無関係ではありませんでしたし」

亜妃の侍女である李陶花が今回の件で、どう関係があるのだろうかと、月英は首を捻《ひね》る。

「刑部には、私の兄もいるんですよ」

これには月英だけでなく万里も、驚きの声を漏らした。

「月英様が収監されたと聞き、兄には色々と言ってみたのですが……お力になれず申し訳ないばかりです」

そこで月英は、もしかしてと思うことがあった。

李庚子《りこうし》は『様々な方面から苦情が入った』と言っていた。てっきり、刑部に苦情を入れる者など燕明くらいのものだと思っていたが、まさか本当に色々な方面だったとは。

「いいえ、力になれなかったなんてこと、まったくありませんよ。おかげで僕は自らの潔白を証明するための一週間をもらえたんですし。李陶花さんの助力がなければ、もしかすると僕は未だ牢《ろう》の中だったかもしれません」

「そう思っていただけるのでしたら幸いです」

知らないところで自分はたくさんの人に救われていたのだと知る。

「そうですよぅ。明敬さんなんて、春万里《しゆんばんり》様の随伴内侍官さんが来るのを、毎日楽しみにしてましたからね。あんな意気揚々と喋《しやべ》る明敬さんなんて初めて見ましたよぅ」

「あっ、あれは！　春万里様から遠ざけるために仕方なくでしょう⁉　気を引くには、おしゃべりするのが一番じゃない！」

「その『気』ってのが、何の気なのか分っかりませんけどねぇ〜」

鄒鈴は日頃の仕返しとばかりに、鬼の首を取ったような顔で、当時の明敬の様子を事細やかに述べていく。それにつれ、明敬の顔も赤くなったり青くなったりするのが、見ていてまた面白い。

「李陶花様ぁ、鄒鈴に何とか言ってくださいよ！」

ガクガクと身体を前後に揺すられても口を閉じない鄒鈴相手に、明敬はとうとう李陶花に助けを求めた。

「そういえば、明敬は内侍官様のどなたでしたか……ええと、一番よく来る方が格好いいだの何だのと言ってませんでしたか？」

「もしかして、その内侍官って昆陽《こんよう》ですか？　オレの同期なんですよね」

「ええ、その方ですね」

「李陶花様!?」

あっさりと裏切られ、明敬は羞恥《しゅうち》が滲《にじ》んだ声を上げた。顔を覆う手の隙間からは紅色に染まった肌が見える。

「はっ！　というか今日のお二人の随伴はどなたです!?　もしかして昆陽様では……！」

顔を上げた明敬は、すぐさま部屋の外へと目を向ける。これだけ騒いでいたのだ、下手したら声が漏れている可能性もある。

ふるふると、生まれたての子猫のように、顔どころか指の先まで赤くして震え始めた明敬。もうしばらく彼女の様子を眺めていたかったのだが、羞恥に泣き出してしまいそうなところを見て、月英は大丈夫だと手を振った。

「それは安心してください。今日の随伴は――」

「私です」

扉を自ら開けて入ってきた者に、亞妃達は驚愕《きょうがく》に口を大きく開ける。

「ろ、呂《ろ》内侍⁉」

実に良い時に入ってきたものだ。やはり会話は外まで漏れていたのだろう。

「なぜ、内侍省長官の方が随伴などと……何かわたくしに用があったのでしょうか？」

「いえいえ。たまたまそこの陽月英《ようげつえい》に話があって探していたところ、ちょうど後華殿《こうかでん》の前で遭遇しましてね。自分達は忙しいし、ちょうどいいから随伴してくれたら話を聞くと言われましてね」

呂阡《ろぜん》の鋭い視線が月英に向けられる。

「長官を随伴にする怖い物知らずは、コイツくらいのもんだろうな……」

万里も随分と軽妙な態度をとってきた自覚はあるが、さすがに交換条件を突きつけることなどしたことはない。ましてや、下っ端の役目である随伴などと。

元上司へのすまなさに、万里は身体を一回りすぼめた。

「僕もちょうど呂内侍にお礼が言いたかったもので。あの札の件、ありがとうございました。上手くいきましたよ」

「私の案ですから当然です。でなければ、あなたと再び会話などできていなかったでしょうし」

呂阡は胸を反らし、得意げに鼻を鳴らす。

「それで、呂内侍の用件とは？」

呂阡の目が輝いた。

「定期的にあの猫達を内侍省へ派遣なさい！　それで春万里の件と今回の助言は手を打ちましょう」

「え、オレ、猫二匹と引き換えられた？」

「多分、三匹いたら万里が負けてたよ」

万里は「呂内侍……」と恨みがましい目で元上司を見やるが、相手はやはり長官。全力で無視して涼しい顔をしている。

「そうですね。あと一月《ひとつき》ほど待っていただければ……」

月英は窓へと駆け寄り、芙蓉宮《ふようぐう》の庭園を眺めた。

「猫が寄ってくる犬薄荷という植物が、それくらいで咲くんですよ。咲いたら纏めてお渡ししますね。窓辺にでも飾っておけば、猫太郎達がやってきますよ」

「わざわざ悪いですね」

「いえいえ、僕も必要な植物ですし。この犬薄荷も精油にできて、消化不良や精神安定に効くんですよ」

「ほほぅ、植物一つで多方面に使えるのですね。好きですよ、使い勝手の良いものは」

「ちなみに、その植物はハエが嫌う香りでもあるので、衛生的にもいいですし」

「それは良い！　いやぁ、私もあの小さなハエというものはとても嫌いでしてね。仕事をしようとしたら紙にとまるわ、筆先に乗るわ、しまいには墨の中に浸かっているわで、特に夏場はその数も増えて本っっっ当にイライラしていたところだったのですよ。まったく、ただでさえ暑いのに視界を悠々と飛ばれてごらんなさい。武官に命じてこの国中のハエをたたき切ってもらおうか悩むほどでしてね――」

「ろ、呂内侍……？」

初めて見る上司の饒舌《じょうぜつ》かつ庶民的な喋りに戸惑う万里の声で、呂阡は我に返り、気まずそうにゴホンと咳払《せきばら》いをする。

「えー……ということで、私の用件は済みましたし、私は長々と随伴などしていられるほど暇ではありませんから……」

呂阡はぐるりと部屋を見回した。

「……かと言って、今すぐお二人を連れ戻すというわけにもいかないようですから、私一人先に戻るとしましょう。別にこの顔ぶれで変なことは起きないでしょうし……」

小猿ですし、とぼそりと呂阡が呟《つぶや》く。

「それに、元内侍官の春万里もいますから大丈夫でしょう。分かっていますね、春万里。任せますよ」

「もちろんですよ、呂内侍」

へらっと緩くした表情で拱手《きょうしゅ》を構える万里に、呂阡は溜《た》め息《いき》をついた。

「まったくその緩さ……相変わらずですね」

こめかみを押さえる格好をとりつつも、しかし、呂阡の声に批難の色はない。一応の格好というやつだろう。万里もどこか嬉《うれ》しそうだ。

「では、門の衛兵には伝えておきますから、存分に再会を喜んでください」

呂阡は言うべきことだけ言うと、颯爽《さっそう》と芙蓉宮を出て行った。


「変なこと……ですか」

呂阡のいなくなった部屋で、呂阡の言葉をぽつりと亞妃が口ずさむ。

「わたくし、月英様のことが好きなのですが」

何の前触れもない唐突な亞妃の発言に、月英以外の者達はぎょっとして目を剥《む》いた。

「ええ、僕もリィ様が好きですよ」

「違います。わたくしの好きはそのような友愛ではなく、恋慕の情です。月英様と一生を共にしたいという」

「え……」

「月英様が、そのようにわたくしを見ておられないことは知っております。しかし、もし月英様が戻られなかったら……そう考えたら言わずにはいられませんでした」

月英の背後で声にならない叫びが上がっていた。

皆口を手で押さえ、顔を蒼白《そうはく》にしている。

ただ、侍女の三人が「皇帝がいるのに何ということを」と亞妃の身を心配しているのに対し、万里は「ついにこうなったか」と半ば諦《あきら》めるような心持ちになっていた。

月英は「リィ様」と、おもむろに亞妃の手を取る。

そして次の瞬間、緩めた医官服の胸元へと彼女の手を引き入れた。

「げ、月え――っ!!」

驚いたのも一瞬。手に触れたものの違和感によって、亞妃の言葉は奪われる。

男の胸板なのだから硬くて当然と思ったが、それにしては変だ。肉や骨の硬さとは異質な、そう、布などを何重にも巻いた時のような無機質な硬さ。

「こ、これは、どういう……」

「僕は女なんです」

訝《いぶか》しげに月英の胸元へと視線を落としていた亞妃の顔が、ぱっと上向いた。

「女人……？　女の方……ですか？」

苦笑して月英は首肯する。

背後では、もう呑《の》む息すらないくらいに侍女達が固まっている。同じように亞妃が息を呑むのが分かった。

「事情があって、女の身でもこうして働かせてもらってます」

しかし、さすがは他国より単身嫁いできた姫。

すぐに頭を働かせ、確認すべきことのみを口にする。

「その言いようですと……陛下も当然ご存じなのでしょうね。それに、あちらの春万里様の態度を見ると……彼も知っていたのですね」

「万里はつい最近ですけどね」

亜妃はくっと唇を結び、まだ医官服の中にあって、月英に掴《つか》まれていた手をするりと抜いた。

「申し訳ございません。そうとも知らずにわたくしは……、……っのよ……な気持ちを……」

次第に顔は俯《うつむ》き、凜としていた声もだんだんと揺れはじめる。

語尾は消えかかり、代わりに湿り気を帯びていた。

「っご不快に思われましたよね。どうぞ……忘れてくださいませ……」

亜妃の顔は俯きが深くなり、月英から彼女の表情はさらに見えなくなってしまう。

彼女は早く一人にしてくれと言わんばかりの様子だったが、しかし月英は膝《ひざ》を折り、あえて亜妃と目線を合わせる。

突然、視界に現れた月英の顔に亜妃は驚き、身を引こうとする。だが、月英の手がそれを許さなかった。

「そんなこと、思うわけないじゃないですか」

一度は離れかけた亜妃の身体を、月英の腕が抱きしめていた。

「きっと僕は、リィ様と同じ想いで願いを叶《かな》えてはあげられません」

「……っ」

「でも、僕のこのリィ様を好きだって気持ちは本物ですから。今、僕はこのとおり毎日を生きるのですら精一杯で、一生とか考えられないですが……それでも僕は時間や状況が許す限りあなたの傍にいたいと思いますよ」

　肩口にあった亜妃の頭が、擦り付けるように動く。

「リィ様、ありがとうございます。こんな僕なんかを好きになってくれて。むしろ僕の方が騙《だま》してたわけですし、皆さんを不快にさせてしまって……」

「なん、か……なんて……っ仰らないでください！　わたくしは男だから月英様を好きになったわけじゃありません！　月英様だからこそわたくしはお慕いしたままでです！」

「そうですよぅ！　私達も月英さまがどっちかなんて気になりませんからぁ！」

　亜妃と鄒鈴《すうりん》の言葉に、明敬《めいけい》と李陶花《りとうか》も口を閉ざしながらもしっかりと頷《うなず》く。

　この状況で口にできる言葉が見つからないのだろう。

「騙しててすみません」

「謝らないでくださいませ。むしろ、こうして大変な秘密を打ち明けてくださった誠実さに、感謝するばかりですわ。宮中は女人禁制と聞いておりますもの。そうせざるを得なかったのでしょう」

　月英の肩から顔を上げた亜妃は、視線の先――月英の背後に並ぶ侍女達に目を向ける。

「李陶花、明敬、鄒鈴、いいですね。このことは決して他言しないよう」

　三人は「当然です」と強く首を縦に振った。

「むしろ、男達の中で女一人というのは、何かと苦労することもありましょう。その際は私共を頼ってください。必ずお助けします」

　李陶花の年長者ならではの言葉は、月英に大きな安心感を抱かせた。

すると、腕の中にいた亜妃がそっと胸を押し、月英から僅《わず》かに身を離す。おかげで亜妃の顔がよく見えるようになる。

「正直なところ、わたくしのこの気持ちをすぐに変えるのは難しいと思います。少し時間は掛かるかと思いますが、わたくしなりの好きを見つけるまで待っていただいてよろしいでしょうか」

いつもより控えめな笑みが、彼女の精一杯の優しさだと知る。

月英は静かにはいと頷く。

「わたくし、月英様の一番の女友達になりたいですわ」

「とっくにですよ」

二人は額を合わせて、面映ゆそうに小さく笑みを交わした。

亜妃の手は、いつの間にか月英の背中に回されていた。

◆◆◆

四人に見送られ、月英と万里は芙蓉宮を後にした。

「万里は知ってたの？　亜妃様の気持ち」

「当然。てか、多分気付いてなかったの、オマエだけ」

「でも万里は言わないでくれたんだ。亜妃様の気持ちも、僕の性別のことも」

「他人が口出していいことじゃないからな」

「本当、万里って真面目だよね。ありがとう、嬉しいよ」

万里の口がもごっと動いた。

温かな空気が流れる中、しかし月英の「でも！」という力強い言葉によって空気は断ち切られる。

「他人だなんて言い方は嫌だよね！　万里は僕の後輩だし友人でもあるんだから！」

「ばっ!?　は、恥ずかしいことを、そんな大声で言うんじゃねえ！」

頭を鷲《わし》づかまれ、潰《つぶ》されるように頭をぐしゃぐしゃに乱されてしまった。

以前までなら乱暴だなと思っていたところだが、今はこれが彼の照れ隠しだと分かる。頭に置かれた手のせいで顔を見ることはできないが、きっと彼は顔を赤くして口端を横に引っ張っていることだろう。

月英が噴き出すように笑えば、頭を押さえる手の力が増した。

そのままの格好で後華殿《こうかでん》を通り過ぎると、衛兵がどよめく空気が伝わってきて、ソレでまた月英は笑みを濃くした。

「――で、だ！　オマエはあと一カ所行かなきゃいけない場所が残ってんだろ！」

後華殿を出たところで、ようやく解放された。

「オレは一緒に行けないからよ……行った瞬間クビ確定だしな」

「何て？」

「何でもねーよ」

ぼそりと何かを呟いていたような気がするのだが。まあ、大したことではないのだろう。

「ほら、さっさと行ってこい。これ以上待たせると、絶対向こうからやって来るから」

万里の曖昧《あいまい》な言い方でも、どこの誰のことを言っているのかすぐに分かってしまう。

「それじゃあ、行ってきまーす！　香療房のことは頼んだよ、後輩兼友人！」

「兼務させせんな。はよ行け、先輩兼小猿さん」

しっしと追い払うように手をひらつかせた万里だが、月英の背が龍冠宮《りゅうかんきゅう》へと消えていくと、鼻から息を吐いた。

「以前と何も変わらないな」

変わらなくて良かった、と万里は目元を和らげた。

4

たった一週間ぶりだが、龍冠宮に足を踏み入れたのが随分と昔のように感じられる。

「久しぶりだな、月英」

入室の許可を待って扉を開ければ、真っ先に宮の主から言葉が飛んできた。

その言葉の白々しさに、月英は笑う。

接見禁止令を破って二回も来たのは誰だったか。

燕明《えんめい》は長椅子に腰を下ろしていた。

「おいで、月英」

言われたとおり、月英は燕明の正面まで歩み寄る。立っている月英の方が少しばかり視線が高い。

「まずは皇帝として、香療術を守ってくれたことに礼を言う。危うくこの国から香療術が失われてしまうところだった」

異国融和策の旗印である香療術がなくなれば、それは融和策の断念とも受け取られかねない。

「いえ、そのことに関しては、到底僕だけでは無理でしたから。皆の助けがあってこそでした」

もし、燕明や李陶花が刑部に掛け合ってくれず、月英が牢屋《ろうや》に収監されたままであれば、今頃月英は裁かれていただろう。十中八九有罪と言われていたのだから。

二人が掛け合ってくれ、翔信《しょうしん》が監視役に手を上げてくれ、豪亮や万里や亞妃が香療術を継いでくれ、春廷と呂阡《ろぜん》が知恵を貸してくれ、鄒央《すうおう》と張朱朱《ちょうしゅしゅ》が手伝ってくれ、藩季が守ってくれ——様々な者達がいてくれたからこそ、どうにか解決へと導くことができたまで。

「本当、感謝してもしきれなくて……僕には何も返せるものなんかないのに、どうしたら良いですかね」

燕明の手が、身体の横にあった月英の手に伸びる。

「誰も、何かを期待して助けたわけじゃない。皆、月英だから力になりたいと手を差し出したんだ」

燕明の左手が月英の右手をしっかりと握っていた。

「お前には人を変える力がある。香療術のように、お前に触れた者達は、心に風を抱くんだ」

「風、ですか?」

「ああ、かくいう俺もその一人だ。目の前を暗くしていた帳でも、心に積もった汚泥でも、お前は

あっという間に蹴散《けち》らしてくれる。見えなかったものが見えるようになり、心には希望が生まれる
——と言っても、俺の感覚で言っているだけだから分かりにくいだろう」

はは、と頬を掻《か》きながら燕明は笑う。

しかし、月英には彼の言わんとすることがよく理解できた。

「分かりますよ。だって、僕もそうだったから」

月英も、見えなかったものを見えるようにしてもらい、心に希望を抱かせてもらえたのだから。

「それって、陛下が僕にしてくれたことですから」

燕明の目が見開いた。丸い黒耀の宝玉がキラキラと輝きを増す。

「下民の僕を任官してくれて、果ては香療師っていう役職まで与えてくれました。この国で、僕がこうして前髪を上げて生きていける場所を用意してくれました。それがどれだけ僕に光を見せたか。僕に生きる意味を与えてくれたか」

一年前の自分に言えるのならば言いたい——『大丈夫、悪いことは続かないから』と。『よく頑張ったね、その頑張りを見つけてくれる人が必ず現れるから』と。

黒色の世界で、足元だけを見てきた自分に、空の青さを教えたい。

「陛下には国を変える力があります。だから、僕みたいな人をたくさん救ってほしいです。生きる場所も意味も失った人達に、どうか光を見せてください」

言い終わると同時に、月英は燕明の腕に抱かれていた。

燕明の腕は月英の細腰にがっちりと回されてはいたが、立っている月英に対し燕明は座っている

ため、彼の顔は月英の腹部に埋もれている。

「……っ俺は誰かの……お前の光になれているのか……」

腹部に燕明の額がくっつけられているため、彼の表情は見えない。

まるで母親に抱きつく幼子のようだ。

月英は燕明の丸くなった背をゆっくりと優しく撫《な》でる。

「眩《まぶ》しすぎるくらいですよ。今回のことだって、どれだけ陛下に助けられたか。知ってます？　僕、陛下がいてくれるだけで安心するんですよ」

疲れ果てて牢塔《ろうとう》に戻ってきた時、牢塔の中の寂しさに孤独を覚えた時、彼がいてくれると不思議と心が安らいだ。

「陛下、不安ならもっと周囲に頼ってください」

「ははっ！　それを月英に言われるか。お前こそもっと周りに頼ったら良いのにと、藩季と言っていたところだよ」

「これからは、僕ももっと周りに頼ろうと思います」

皆、自分が思うより弱くはなかった。自分一人が寄りかかっても、けっして崩れない強さを持っているのと知った。

「だから陛下も……抱え込まないでください。藩季様もいますし、頼りないかもしれないけど、僕もいますから」

自分の倍はありそうな広い背中を、月英の小さな手が撫でる。ゆっくりと、円を描くように。

そうしていると、月英の頭の中に一つの呪文が浮かぶ。

それは遙か遠い記憶の中で、どちらの父親かもう分からないが、誰かにかけてもらった言葉。

「痛いの痛いの飛んでいけ」

手の動きに合わせて呟《つぶや》かれた月英の言葉に、燕明が「ふはっ！」と噴き出した。

「ははは！　何だそれは！　これではまるで俺が痛がって泣いている子のようではないか」

燕明の笑い声はしばらく続いたが、その間月英は何も言わずただ背中をさすり続けた。

「……俺は……間違っていないだろうか……っ」

「間違ってると思ったら、全力で止めるから安心してください。卒倒するほどの臭い精油を作って差し上げますよ」

抱きしめられた時から、燕明の顔は一度も上げられていない。それでも会話は何事もなく続けられる。

いつもとは違う、異質な状況だと気付きながらも、月英はどこかこの状況に安堵《あんど》を感じていた。

もしかすると、燕明も同じなのかもしれない。

背をさする掌から伝わってくる彼の鼓動は、ゆっくりとして一定を保っている。

衣擦れの音だけが部屋に響いていた。

「月英、好きだよ」

前触れなく言われた言葉は何の気負いもなく、うっかりすると聞き流してしまいそうになるほどのさらりとしたものだった。

「はい、僕も好……」

だから、月英もうっかり挨拶《あいさつ》を返すような感じで言葉を口にしかけたのだが、そこでつい先ほどの亞妃との一件を思い出す。

「その好きって、友愛と恋慕のどっちですか」

正直言うと、自分には友愛と恋慕の好きの違いは分からない。

そこで初めて、燕明の顔がゆるゆると上げられる。

「さあ……俺にもこの複雑な気持ちはよく分からん」

彼の顔は困っているようでもあって、笑っているようでもあって、そして少しばかり恥ずかしがっているようにも見えた。

「だから、その答えはどうか月英が見つけてくれ。これからきっと、お前は色々なことを経験していくだろう。その中で俺のこの感情に合う名を教えてくれ。お前が見つけた名を俺に付けてくれ」

「時間がかかるかもしれませんよ。僕、とっても鈍感らしいので」

渋るように燕明が笑った。

「承知の上だ。どうせ、この先もずっと一緒にいるんだからな」

「そうですね」

先のことは分からない。

もしかすると、今回のようなことがまた起こるかもしれない。宮中にいられなくなるかもしれない。

だけど、何があっても彼とは一緒にいそうな気がする。

「陛下、実は僕、さっき亞妃様に同じことを言われたんですよ」

「同じこと？」

「好きだって……」

「なな何だと⁉」

クワッと燕明の目が見開かれる。

「だから、僕のこの身体の秘密もばらしちゃって……」

「それはまあ……亞妃ならば言いふらしたりはしないだろうし、大丈夫とは思うが」

「それでですね、そう言われた時嬉《うれ》しかったんですよ、本当に」

胸に手を当て、その時の感情を思い出せば、胸の内側がじんわりと温かくなる。キラキラしたものを抱いた時のような、喜びと感謝に心が跳ねる心地。

「でも、陛下に同じ言葉を言われた時は、ちょっと違ったんです。陛下の時は、何だか胸がギュッてして、ちょっぴり痛いような、でも嬉しいような……そんな不思議な感じだったんです」

みるみる燕明の目と口が開かれていく。黒耀の宝玉が今にもこぼれ落ちそうに、眼窩《がんか》の中で揺らめいている。

「今はまだ分からないけど、この違いが分かったら一番に陛下に言いに来ますね」

「……っああ、待っている。きっとそう遠くはなさそうだしな。いや……遠くてもいい。ずっと……ずっと待っているから」

いつの間にか腰に回されていた燕明の手は、胸にあった月英の両手を握っていた。指の一本一本が交互に絡み合い、彼の骨張った指の硬さが伝わってくる。痛くはないが、ほんの少し照れくさい。

突然、そのまま腕を引かれ、月英は燕明に覆い被さるようにして倒れ込んだ。

「――びっくりしたぁ……」

長椅子に片膝《かたひざ》を乗せ、しがみつくようにして燕明の肩を掴《つか》んでギリギリ押しつぶすのは回避する。

「もうっ！　危ないですよ、陛下」

月英は語気を強くして注意を飛ばすのだが、しかし、燕明は子供のように笑うばかり。

「月英、ずっと一緒にいてくれ。俺はお前とずっと一緒にいたいんだ」

萬華国《ばんかこく》の至宝が見せた最大級の笑みに、すっかり月英も怒る気が失せてしまう。

「もうっ……本当、仕方ないですね」

多少のわざとらしい慍色《うんしょく》を口元に乗せる月英。しかし、目の前で頬を染め、幸せそうな笑みをこうもずっと見せられたら、月英も笑いがうつるというもの。

フッと笑みが漏れれば、もう止まらなかった。

「これからもよろしくお願いします、燕明様！」

月英の万の花が咲いたように鮮やかな笑顔は、パッと周囲をも鮮やかに色づける。その万の花すら嫉妬《しっと》する美しい光景に、燕明は目を細め「ああ」と頷《うなず》く。

「お前は本当……良い香りがするな」

浅葱色《あさぎいろ》の医官服に馴染《なじ》んだ香りが、優しく二人を包んでいた。

ひとしきり笑った後、燕明《えんめい》は月英をひょいと抱え上げると、自分の隣に下ろした。

「さて、お前のお父様が首を長くして部屋の外で待っているだろうし……」

燕明がパンパンと二回手を打った途端、扉が爆ぜる勢いで開かれる。

「お待たせしましたー！　月英、ご飯ですよ！　お腹空《す》いているでしょう空《す》いていますよね空《す》いているに違いないので、たんと持ってきましたよー！」

飛び込んできたのはやはり藩季であり、彼の腕の中には『たんと』という言葉にふさわしい量の食べ物がこんもりと盛られていた。

二人が座る長椅子前の卓に広げ、藩季はこれも美味しい、あれも美味しいと、月英にどんどんと食べ物を押しつけていく。

「じゃあ、俺はこの粽《ちまき》でも……」

「え？　燕明様の分はありませんが？」

燕明の手から粽を光の速さで奪っていく藩季。次の瞬間には、その粽すら月英の手の上に乗せられている。

「お前……とうとう皇帝をないがしろに」

「前からですけど」

「……そうだった」

こいつはそういう奴だった、と燕明は頭を抱え嘆息した。別に何が何でも食べたいわけではないのだが、月英と一緒に食べるということがしたいのだ。

まあ、今回月英はたくさん苦労したし、好きなものを好きなだけ食べさせよう、と隣で栗鼠《りす》のように頰を膨らませている月英を見やると、突如目の前にズイッと薄紅色のものが差し出された。

「一緒に食べましょう」

それは、月英が割った桃饅頭《ももまんじゅう》の半分だった。

さらに月英は半分になった自分の桃饅頭をさらに半分に割り、藩季へと差し出す。

「皆で食べたらもっと美味しいですよ」

燕明と藩季は受け取った桃饅頭と月英とを見比べ、そして二人して顔を見合わせると渋るようにして笑った。

卓の上にも周りにも薄紅色が広がった部屋を、窓から差し込む温かな夕影が照らし出していた。

外

今回の件は、真犯人を捕まえたことで一応の落ち着きを見せた。

御史台の対応については、『陽月英を拘束したのは身の安全を守るために刑部が命令したものであり、御史台は命令に従ったまでで責任はない』という方向で片付けられた。

刑部が陽月英に一週間の猶予期間という寛容な処置を与えたことも手伝い、誤認だったにもかかわらず、大きな反発は起きなかった。

犯人として拘束されていた陽月英本人は、解決して良かったとしか思っていないようだったが、何者かの故意が介在しているのは明らかであり、次はそこに焦点を当てた捜査が行われようとしていた。

しかし、捜査が始まる前に、犯人の配達人は自殺を図った。


「燕明様。実は、犯人を取り押さえた時このようなものを見つけまして。密かに回収しておりました」

龍冠宮《りゅうかんきゅう》の一室。

向かい合うのは、二人の男のみ。

声音の調子を落として、藩季が燕明の執務机に細長い札板を置いた。

「――っ！」

机に置かれた札を見て、燕明は瞠目《どうもく》し唇をわななかせた。

ゆっくりと、己を落ち着けるように殊更時間をかけて、燕明は顔を手で覆った。覆った瞬間、手の下からは沈鬱《ちんうつ》な溜《た》め息《いき》が長く長く漏れる。

溜め息こそ吐きはしないものの、藩季も眉根《まゆね》を顰《ひそ》め沈痛な面持ちで札板を見つめる。

その札板には朱の判と文字が記されており、何に利用されているものか、見る者が見れば分かる代物となっている。

「今更何を……」

それは、離宮『翠翡宮《すいひきゅう》』への出入りを許された者に与えられる札。

「母上……っ」

そして翠翡宮の現在の主は、先代皇帝の皇后であり現皇太后――つまりは燕明の母親であった。

長らく離宮に引きこもって、存在すら消していたというのに。

はぁ、と燕明は天に向かって息を吐く。ずるりと顔から滑り落ちた腕が、そのまま力なく身体の横へと落ちる。

「一難去ってまた一難……まだこの国は落ち着かないな」

「大丈夫ですか？」

藩季の言葉に、燕明は札板を手にして握りつぶした。手の中でパキッと乾いた音が鳴る。

「ああ、俺はもう一人じゃないからな」

不敵な笑みを口端に描いた燕明に、藩季は「これからですよ、全ては」と恭順に腰を折った。

◆◆◆

「――そんなわけで、無事釈放となりました！」

月英は東明飯店《とうめいはんてん》の二階で、店主の張朱朱《ちょうしゅしゅ》と鄒央《すうおう》、そして翔信《しょうしん》と、今回の件で世話になった者達への報告を済ませた。

「皆さんのご協力があったおかげで、こうして僕は晴れて自由の身です！」

「本当に良かったね、月英くん」

「本当だよ。悪かったね、最初は邪険にしちまって」

向かいに座る鄒央は良かった良かったと手を叩《たた》いて喜び、張朱朱は肩をすくめつつも、安堵《あんど》した表情で月英を見やった。

「そんな、むしろ協力していただいて感謝したいくらいですよ。それに、こうして分かってもらえただけで充分ですし」

「ええ。全然今後とも邪険に扱ってもらって構いませんから」

良い感じにお礼を言い終えられそうだったところ、何を思ったか至極真面目な顔をした翔信が変なことを言い始めた。

案の定、張朱朱は「へ？」とポカンと口を開いている。

「あ、彼のことは気にしないでください。そういう発作ですから、無視してください」

「無視は無視でゾクゾクする」

「…………」

駄目だこれ。

湿った目で隣の翔信を見やるが、彼の瞳《ひとみ》は真っ直ぐに張朱朱にだけ向けられている。無駄に真剣な眼差しは、彼女に若干の恐怖を抱かせたのだろう。張朱朱の足がジリと下がった。

「そ、それにしても、どうして移香茶が狙われたのかねえ?」

異様な雰囲気に包まれかけた場を、鄒央が新たな話題を振ることで無理矢理引き戻してくれた。さすがは年長者。気配りが上手い。

鄒央の問いかけに、三人は「うーん」と唸《うな》りを上げ思考する。

「まあ、この国は今まで新しいものなんてなかったからね。出る杭《くい》は打たれるじゃないけど、気に食わないと思った奴がいたんだろうさ」

張朱朱の意見に、皆なるほどと理解を示した。

「商売は目立ってなんぼだけど、目立つのも考えものだねえ」

そこで、月英は「そういえば」と思い出したように、机の上に袋をドンと置いた。

「移香茶の話題が出たので……。これ、僕がいない間に同僚がたくさん作ってくれてて……」

袋の口を開ければふわりと漂う、全員に覚えがある香り。

「茉莉花《ジャスミン》の茶葉じゃないかい!」

月英は居住まいを正し、神妙な面持ちで鄒央と張朱朱に視線を配る。

「それでその……身勝手とは思うんですが、また扱っていただけたらと……」

月英のせいでなくても、一度被害の原因となったものを扱えというのは無茶だと承知の上だ。しかし、万里が一生懸命自分で勉強して考えて作ってくれた茉莉花《ジャスミン》の茶葉を、そのままにしておくことなどできなかった。

万里にも、自分の作ったもので誰かが笑顔になる様を見せたい。もっと、香療術を好きになってほしい。

見上げるようにして、怖ず怖ずとした視線を向ければ、鄒央の柔和な視線とぶつかった。

「知っていたさ。娘から茶葉を送ってくれと手紙が来たからね」

「じゃあ、これに使われた茶葉は……」

「私が送ったものだよ。そういうわけで、当然、その茉莉花《ジャスミン》の移香茶葉はいただこう」

鄒央は、置かれていた袋を自分の前に引き寄せた。

開いた袋の口に顔を近づけては「良い香りだねえ」と、うっとりした声を漏らす。

月英が良かったと安堵していると、そこへ張朱朱が待ったをかける。

「鄒央、ちょっと待ちな。その半量はここへ置いていきなよ」

一瞬、ドキッとしたものの、彼女の言葉は決して否定的なものではなかった。

「本当に、朱朱さんも良いんですか……？」

「こう見えてこのおっさん、腕利きの茶商でねえ。鄒央が扱うって決めたんなら、絶対に市場には出回るからね。移香茶自体には需要があるし、さっき来たお客にも移香茶はないかと聞かれたばかりさ。ここで二の足踏んで、よその店に出し抜かれちゃ、あたしの名が廃るってもんだよ」

いいかい、と彼女が問い、鄒央が目で頷けば、張朱朱は袋を抱えて早速に階下へと降りていく。

「早速さっきのお客に出させてもらうよ」

この早さには、月英も目を剥《む》いて驚いた。

「いいんですか!?　あの、大丈夫って僕は言えますけど、一応、街医士とかに確認してもらった方が──」

　瞬間、豪快な笑い声が飛ぶ。

「あっはははは！　大丈夫だよ。だってこれはあんたが手ずから持ってきたものだろ。だったら、毒なんか入ってるわけないじゃないか。もし入ってたら、それは今、袋を開けた鄒央のせいだしね」

「酷いなあ、朱朱。私が愛する茶葉にそんなことするわけないじゃないか」

「だったら大丈夫だね」

　肩越しにヒラヒラと手を振って、張朱朱は一階へと姿を消した。

「か……かっこいい、朱朱様……」

　翔信の呼び方が、完全に僕《しもべ》のそれとなっていた。でも、気持ちは分かる。

「目立ってなんぼだが、目立つのも苦労する……と」

　感慨深そうに呟《つぶや》いた鄒央の視線が、月英を捉《とら》えた。

「月英くん。娘から君は術だけじゃなく、とても美しい色を持っていると聞いたよ。見せてもらっても良いかな？」

　ビクッと月英は肩を揺らした。

　隣で翔信も空気を硬直させている。チラチラと、月英に不安そうな視線を送っては、どうするつもりだと聞いている。

　かつて、この目を見た者達の反応の記憶がよみがえってきた。

　しかし、向けられた彼の目を見れば、揶揄《からか》い目的の興味本位なお願いとは思えない。なにより、彼がそのようなことをする人間ではないと、月英はもう知っている。

月英は乱してあった前髪を軽く手で整え、そして額まで見えるように掻《か》き上げた。

かつては罪の色とされていたが、確かに今では罪に問われない色であることは間違いない。それでも、宮中外で初めて目を露わにしたのだ。

口を真一文字に結んだ月英の顔には、緊張が滲《にじ》んでいた。

「なるほど。異国融和策か……」

まじまじと月英の碧《あお》色を見た鄒央は、ありがとうと口元だけで笑う。

「青空みたいな、素敵な色だね」

伸びてきた鄒央の手が、月英の頭を柔らかく撫《な》でていった。

「願わくは、その色のとおり君が自由に生きられることを」

「自由……」

月英は、願われた想いを身に刻み込むように何度も呟いた。

「僕も……願わくは、この国がたくさんの自由であふれることを」


彼ならきっと、皆が望む国をつくってくれるだろう。

そこに、少しでも自分の影があればと思う。

きっと目の色だけじゃない。

色んな違いで、独りの寂しさと苦しさにあえいでいる民はいる。

誰もが、何も隠すことなく、阻まれることなく、顔を上げて歩いていける国になればと願う。

そのために香療術が必要というのなら、どこへでも行こう。

それでもまだ足りないというなら、未知の地へと踏み出そう。

誰でも一歩目は恐ろしい。

だが、誰かが歩めばそれは標《しるべ》であり、多くの者が辿《たど》って歩けば路《みち》となり、いつしか消えない大道となる。

たとえ少しずつでも、歩むことをやめなければ必ず路はできるのだから。

振り返った時に、路が自分の存在を証明してくれるはずだから。

だから、碧玉《へきぎょく》の男装香療師は、今日も歩み続ける――。


【了】

【特別編Ⅰ・李《り》刑部尚書からの挑戦状】

「それにしても、移香茶を頼んでくれたお客さんって、どんな人だろう。嬉《うれ》しいなあ」

「後で朱朱《しゅしゅ》さんに聞いてみようぜ」

そうして帰り際に張朱朱に尋ねれば、彼女は裏から出てきて「あそこの席だよ」と、入り口近くの席を指さした。

次の瞬間、そこの席に座る男女を見て、月英と翔信はブッと噴き出した。

「李陶花《りとうか》さん⁉」

「李尚書⁉」

円卓に仲良く向かい合って座っていたのは、亞妃《あひ》の侍女頭である李陶花と、刑部尚書の李庚子《りこうし》だった。

まさかの組み合わせに、月英と翔信は顔を見合わせ、共に視線を落とす。

知り合いの約会だなんて、なんだか見てはいけないものを見てしまったような気がする。

「す、すみません。お楽しみのところを邪魔してしまって……」

「あの、俺達何も見てないのでご安心を」

顔の横に手を立てて、見てませんよ、と言わんばかりに顔を背けながら、月英達はそそくさと店を出て行こうとする。

「何を勘違いしているかは知りませんが。私達は、お二人が想像されているような関係ではありませんから」

溜め息《いき》と共に李陶花に待ったをかけられ、月英達は「え」と振り返った。

──恋人関係ではない……ってことは……。

「あ！　お二人はご夫婦だったんですね」

ひらめいたと月英がポンッと手を打てば、呼応するように李庚子が力強く茶器を卓に置いた。ゴンッと小気味よく響いた音からは、憤慨の念が伝わってくる。

眼鏡の奥からは、李庚子の冷たい視線が向けられる。

「……兄妹だ」

冷え冷えとする声に、月英と翔信《しょうしん》は壊れた人形のように首を縦に振りながら「はい」と答えるしかなかった。


なぜか、そのまま一緒にお茶をすることになった月英と翔信。

月英は淹れ立ての茉莉花茶《ジャスミン》をコクリと飲みながら、密かに李兄妹の様子を窺う。

言われてみれば、確かにほっそりとした涼しげな目元が似ている。

李庚子と李陶花の前には、移香茶と一緒に頼んだのであろう甘味がそれぞれ置かれている。月餅《げっぺい》と大湯円《ごま白玉》だ。どちらも中々に甘い物で、月英は以前、李陶花が兄妹揃《そろ》って甘い物に目がないと言っていたのを思い出した。

黒文字を使って、丁寧に月餅を切っては口に運ぶ李庚子の表情は、まさしくだ。

思わず笑みが漏れてしまう。

あんこの甘さに目を細めて頬を緩めている彼の姿からは、最初に見せた長官としての冷酷さなどは微塵《みじん》もなかった。

「何か笑うところでもあったか」

「いいえ、とても美味しそうに食べるんだなあって」

「美味しいものを美味しそうに食べて何が悪いんだ」

「兄さん。またそのような言い方を……もう少し柔らかくなってくださいませ」

淡々として言う李庚子に月英が苦笑を漏らせば、見ていた李陶花が彼を窘める。

「翔信様も、兄の元では苦労するでしょう。身内として謝っておきます」

「いえいえ、そんな………仕事量は鬼畜ですがね」

ぼそりと呟いた翔信に、李庚子が「翔信」と威圧感たっぷりの声で呼べば、李陶花が「ほら、また」と李庚子に困った視線を向けた。

「でもまさか、李刑部尚書が移香茶を飲まれるなんて思いませんでした。てっきり、あんな騒ぎを起こした僕が作ったものなんて口にしないかと」

李庚子の仕事を増やす羽目になった自分など、絶対に嫌われているだろうと思っていたのだが。

「それとこれとは別の話だ。私は刑部尚書として必要なことをやったまでで、李庚子としては君が犯人だった場合、少々困るなと思っていたくらいだしな」

「困る、ですか?」

彼とは、それほど濃い関係を持っていたわけではないはずだがと、月英《げつえい》は首を傾げる。

李庚子は「これ」と、右手で持った茶器を左指で弾いた。

「実に甘味によく合う。これが飲めなくなると思ったら、やはり困るな。いやあ、この鼻に抜けるような爽《さわ》やかさがまた、あんこのもったりとした甘みにキレを与えていてな。一度移香茶を知ってしまうと、ただの茶では物足りなくなってしまったよ。どうしてくれるんだ、陽月英」

「え? あ、ありがとうございます?」

怒られているのか褒められているのか、さっぱり分からない。

李陶花は「もう」と諦《あきら》めが濃く滲んだ窘めとも言えない言葉を掛けると、溜め息を茶と共に喉《のど》に流し込んでいた。

すると、隣に座っていた翔信が耳打ちしてくる。

「月英、安心しろ。これでも李尚書は褒めてるんだぜ。この人、何か小言を付け加えないと褒められない人だから」

「聞こえてるぞ、翔信」

「何でもありません!」

「もう遅いわ」

亀のように首をすくめてあわあわと震える翔信に、李庚子はニタリと嫌らしい笑みを向けた。

ヒィッと翔信の悲鳴が上がる。

「監視役も終わったし、随分と暇だろう。帰ったらしっかりと仕事を回してやるから安心しろ。そうだな、他の者の二……いや三倍は仕事したかろう。な？」

「いやあああああ！　鬼畜の尚書ー！」

「氷の内侍みたいな呼び方をするな」

酷すぎると卓に伏せてしまった翔信に対し、李庚子は素知らぬ顔で茶を口へと運んでいた。なんだか申し訳ないので、翔信には心の中で黙祷《もくとう》を捧《ささ》げておいた。

李陶花は翔信に「兄がすみません」と言いつつも、大湯円を頬張るのに夢中になっている。

「あ、酷いと言えば……。李陶花さん、以前お兄さんが肩こりが酷いとか言ってませんでしたか？」

「妙な思い出し方をするもんだな」

李庚子と兄妹ならば、恐らく彼のことを言ったに違いない。

話を聞いた時は、刑部を彷彿《ほうふつ》とさせるお兄さんだな、と思ったものだが、本当に刑部勤めだったとは。しかも長官なら納得の容態だ。

「ああ、そうです。この兄のことです。仕事と結婚したような人なので、もう半ば諦めていたのですが。さっきも月英様達が来る前までは、節々が痛いだの、腕が上がらないだのと煩かったのですよ」

全身まんべんなく過労のようだ。腕が上がらないのは重症だろう。

「少しでも回復する見込みがあるのなら、施術してほしいのですが」

「ええ、香療術は肩こりなどの症状にもよく効きますよ」

「ですって！　良かったですね、兄さん！」

「余計な世話だ」

「余計？　……悪化したとして、誰が面倒を見ると思っているのでしょうか？　兄さん」

完全に分があるのは李陶花であり、李庚子はばつが悪そうに口をまごつかせ押し黙ってしまった。

向かいからの威圧に負けたように、李庚子は掻き上げた前髪を乱すと肩を少しだけ落とす。

その様子からは、日常的に妹に負けている兄の姿がうかがえて、官吏達の畏敬《いけい》を集める朝廷官吏様でも甘い部分はあるのだなと微笑ましく思った。

「分かった分かった。いつかは受けてみるから」

やはり、先に白旗を揚げたのは李庚子であった。

彼の返事に満足したのか、李陶花は一度は手を止めていた大湯円を再び頬張る。頬をポコッと丸くして、幸せそうに食す彼女に、李庚子はやれやれとばかりに口端を僅《わず》かにつり上げていた。

「さて、帰るぞ。翔信」

残りの月餅を茶器に残った茉莉花茶《ジャスミン》で流し込むと、李庚子は席を立った。

しかし、名指しされた翔信は椅子にしがみつく。

「嫌です。帰りたくない。地獄になんか帰りたくないですっ！」

李庚子は、問答無用とばかりに翔信の襟首を掴《つか》み上げると、ポイッと入り口へと放った。

拍子に「あふんッ！」と聞こえる。「朱朱さんじゃないのに、悔しいッ！」とまで。月英と李陶花は入り口で転がる翔信に湿った目を向けていたが、李庚子は気にとめた様子もない。一切の反応を見せず、翔信の醜態を完全に無視する。

やはり冷酷な人なのかもしれない。

しかも、「邪魔だ。さっさと立て」と、一瞥《いちべつ》もせずつま先で蹴飛《けと》ばしていた。

部下の新たな扉が全力開門しているというのに、中々に泰然とした人だ。

妙な感心を覚えて入り口を眺めていれば、「おい」と李庚子が月英を振り返った。

「もう問題は起こすなよ、陽月英」

「兄さん、月英様が問題を起こしたわけではなく、巻き込まれただけですから」

「一緒だ。巻き込まれもするな。隙を与えるな」

巻き込まれるなとはまた理不尽な。好きで巻き込まれたわけではないというのに。

「善処します」

李庚子の理不尽な武官長のような言い方に、月英は苦笑して返した。言葉はどうであれ、助言をくれるということは気に掛けてくれているのだろう。

嫌われていなければ、それだけで今は充分だと自分に言い聞かせていれば、しかし、続いた李庚子の言葉に、月英の目は丸くなった。

「お前にいなくなってもらわれては困るからな」

「え」

「勘違いするな。私の好きな移香茶が飲めなくなっては困ると言ったんだ」

李庚子は背を向けていて、どのような顔をして言ったのかは分からないが、気怠げに首後ろを撫《な》でる姿を見れば、なぜかこちらが面映ゆくなってしまう。

李陶花が、クスッと微笑を漏らして「兄さんったら面倒臭い人」と言っていた。

「では明日、香療房を訪ねる」

「え？　あ、はい！　お、お待ちしてます！」

これには月英が一番驚いた。

「いつか」と言っていたから、てっきりそのまま多忙を理由に話は流れるのだろうなくらいに思っていれば。

まさか、本当に受けに来てくれるとは。

「私に香療術の有効性を証明してみせろ、陽香療師」

牢屋《ろうや》に来た時と同じ台詞を吐いて、しかし肩越しに向けられた彼の瞳《ひとみ》は、眼鏡の奥で今度は楽しそうに細められていた。

李庚子は、店の柱に蝉のように抱きついて帰るのを拒否している翔信を無理矢理引き剥《は》がし、引きずりながら月英達の前から姿を消した。

プッと、李陶花が小さく噴き出している。

分かる。笑わずにはいられない。

「これは、先日の事件よりも随分と手強そうですね」

さて、帰ったら精油を確認しなければ。
肩こりに効く精油は何があっただろうか。
「頑張ってくださいね、月英様」
「ええ」と、月英はすっかり空になってしまった移香茶の茶壺《ちゃつぼ》に表情を和らげた。
少しずつ……。
少しずつ広がっていけば良いと思う。

【了】

【特別編Ⅱ・月英ふぁんくらぶ、結成！　即、解散！】

近頃、百華園《ひゃっかえん》は妙なざわめきに包まれていた。

即位してからは、まったくと言っていいほど百華園を訪ねてこなかったあの皇帝が、毎日のように足を運んでいるというのだから、騒然とするのも頷《うなず》ける話ではある。

しかも、訪ねる宮が芙蓉宮《ふようぐう》ともなれば、周囲の宮も冷静ではいられないだろう。


「こちらの、琥珀色《こはくいろ》の袍はいかがでしょうか？　碧《あお》と相反した黄を使うことにより、より瞳の美しさが際立つと思うのですが」

「なるほど、確かに。だが私はあえて紺碧《こんぺき》を推したい。同系色でまとめることによって、清涼さが前面に押し出されると思うのだが」

「なきにしもあらず」

亜妃《あひ》と燕明《えんめい》は腕組みしながら、目の前に広がる瀟洒《しょうしゃ》な景色に「うーん」と思案に満ちた声を漏らしていた。

卓や牀《寝台》には長袍や襦裙、帯に飾り紐《ひも》や歩揺などが所狭しと並んでおり、それを二人が難しい顔をして見下ろしているという状況。

「……本人がいないところで、よく毎日飽きもせず、ああも悩めますねぇ」

「しっ！　お二人は真剣なんだから水をささない！」

「そうですよ。それに、陛下が芙蓉宮にいらっしゃるのは喜ばしいことです……理由がなんであれ」

李陶花《りとうか》が最後につけたした言葉に、鄒鈴《すうりん》と明敬《めいけい》は「ハハ」と下手な笑みを漏らした。

皇帝が芙蓉宮を訪ねてくるのは、亞妃を溺愛《できあい》しているから――ではなく。

「ここはいっそのこと、亞妃のような薄紅はどうだろうか！」

「まあ！　そうしましたらお揃《そろ》いになりますわ。あの豊かな黒髪はきっと結い上げが似合うと思います！　そうすると歩揺は……陛下の袍の色を真似て、これとこれが」

「それは良い考えだ！　だったらこちらのシャラシャラしたやつも私の襟にある金龍《きんりゅう》にそっくりで良いと思うが」

「ああ、素敵です！」

互いに手にした歩揺を見せ合い、皇帝と亞妃は喜色満面で声を重ねた。

「なんでも似合うからな、月英は」

「なんでも似合いますものね、月英様は」

ねー、と二人はまるで双子かと思うほどの意気投合っぷりを見せていた。

そう。皇帝が芙蓉宮に来る目的は亞妃のため――ではなく、亞妃と親交のある月英のためであった。

侍女としては、妃である彼女以外をめっぽう好んでいることに嘆いてほしいものだが、亜妃は嬉々《きき》として月英に似合いそうな帯を選んでいるのだから、致し方ないというもの。

李陶花は天を仰ぎ、瞼《まぶた》を閉じた。


そもそもの始まりは、かれこれ半月ほど前まで遡《さかのぼ》る。

『亜妃、聞きたいことがある』と、突如、前触れもなく神妙な顔をした皇帝がやってきた。

彼の硬い表情は芙蓉宮に緊張をもたらし、『何か』と尋ねる亜妃の声を裏返らせた。

もしかしたら、桂花宮《けいかぐう》からの度々の苦情がとうとう彼の耳にも入ったのかもしれない。

さすがに、三日連続で桂花宮の侍女に矢を射たのはまずかったか。

芙蓉宮の前を通り過ぎる者が亜妃の悪口を言おうものなら、亜妃は開け放した門扉から華麗なる弓裁きで矢をお見舞いしてやっていた。その中で一番悪口を言うのが多かったのが桂花宮なのだ。

三日連続で射られても仕方のない話だろう。

芙蓉宮ではこれも朝の清掃活動の一つであり、つがえる弓を李陶花達自ら手渡していたくらいだ。

好き勝手言われて黙っている質《たち》の者は、ここ芙蓉宮にはいない。

だから、その件で皇帝が訪ねてきたのなら、一つ言ってやろうという気概が李陶花達にはあった。

しかし頑迷そうに閉ざされていた皇帝の瞼がゆっくりと開かれれば、思わず息を呑《の》んでしまう。

やはりそこは皇帝。

他者を寄せ付けない、厳格な雰囲気が彼を取り巻いている。

『月英に……懸想していたというのは本当か』

想定していたことより、随分と斜め上に最悪なものが出てきてしまった。

案の定、亞妃も見守っていた李陶花達も皆顔色を失いかけている。

たとえ皇帝が訪ねてこなくとも、彼の後宮である百華園に住まう妃は皆彼のものなのだ。それを、相手がいくら女とはいえ他者に恋心を抱くなど、許されることではないのだろう。ましてや、その思いを相手に伝えたとなれば、これは皇帝に対する裏切りと責を問われても文句は言えない。

『亞妃……』

唇を噛《か》み、視線を落とした亞妃。

コツンと皇帝の靴が石床を踏み、彼女へと近づく。

『本当なのかと聞いている』

皇帝の両手が亞妃の肩を掴《つか》んだ。逃がさないという意思表示か。

亞妃は観念したように、震える細声を漏らした。

『……っほ、本当でございます。月英様の心根の素晴らしさに惹《ひ》かれ……』

瞬間、皇帝の目は大きく見開かれ肩を掴む手が力を増し、亞妃は『きゃっ』と悲鳴を漏らした、が……。

『分かる‼』

『え?』

皇帝渾身《こんしん》の叫びに、芙蓉宮の時が止まった。

そういう流れがあっての、今この状況である。

「いやあ、こうしてあいつのことを大っぴらに談議できる日が来るとはな」

「わたくしも、これほど月英様の良さを分かってくださる方がいらっしゃっただなんて。感激です！」

一般的な家庭に置き換えると、これは夫婦揃《そろ》って第三者に浮気しているということになるのでは、と亜妃と皇帝の一言では表わせない関係に侍女達は神妙な顔をして頭を抱えていた。

「ま……まあ、お咎《とが》めがあるより良いですしぃ」

「そ、そうよね。端からは、亜妃様に会いに、陛下が足繁く通ってるって見えるだろうし」

桂花宮の侍女達は今頃、袍の袖《そで》を噛んで悔しがっていることだろう。悪口が減ったのも、皇帝が芙蓉宮に来ていることを意識してかもしれない。

おかげで随分と朝は爽《さわ》やかになったものだ。

まあ、皇帝がいようと亜妃ならば、『身体も時には動かしませんと～』と言って矢を射るだろうが。

確かに、寵愛《ちょうあい》される、という妃としての目的とは異なる来訪だが、入宮して初めて見せるような生き生きとした、それこそ青原を飛び跳ねる若鹿のような生命力に満ち満ちた主人を目の当たりにすれば、三人は「ま、いっか」と全てを受け入れた。

月英を通して、二人はとても良い関係を築けていると、李陶花から見ても思う。

「月英は、あの頓珍漢《とんちんかん》なところが良いのだ」

「分かりますわぁ……そこがまた愛らしいのですよね」

ほう、と頬に手を添え、うっとりとした溜《た》め息《いき》を漏らす亞妃。

「そうなのだ。正直言って生い立ちは悲惨なのに、底抜けに元気なのがまた、見ているこちらまで元気になるというか。まあ、元は結構ひねくれていたのだが……」

「まあ、ひねくれ月英様！　それは一度お会いしたかったですわ」

「ひねくれていても、子猫が拗《す》ねてるようで愛らしくはあったぞ。いやぁ、今の月英も良いが、あの頃の荒んだ月英も今思えば、もう少し堪能していたかったな」

「もうっ、陛下のいじわる！　わたくしは荒んだ月英様には会えないというのに、そのように仰ったらますます興味がわくというものですわ！」

「ははっ、すまんすまん。許せ、亞妃」

一見すると、恋人同士のイチャコラに見えないこともないのだが。

会話の内容に目をつぶれば。

良い関係と思ったが、はたしてこれは百華園にあっていい光景なのだろうか、と李陶花はこめかみを痙攣《けいれん》させたが、恐らく考えるだけ無駄だ。この国一番の権力者である皇帝が、この光景を作り出している張本人なのだから。

すると不意に、キャッキャと襦裙を選んでいた皇帝の顔に影が落ちた。

「本来ならば、妃相手にこのような話をするのは間違っているのだろうが……それでも私は……」

「陛下」と、亜妃は皇帝の手にそっと自分の手を重ね、ゆるゆると首を横に振る。

「陛下、それは違います。間違いなど何もないのです。わたくしは陛下と閨《ねや》の供人になるよりも、今のこの互いの心を露わにした関係の方が心地よいのです。これは陛下だけではなく、わたくしも望んだ結果ですわ」

「亜妃……っ」

互いに眉根《まゆね》を寄せ、切ない表情で互いの瞳《ひとみ》を覗《のぞ》き込んでいる。

「それに……」

美男美女が互いの手を重ね、見つめ合うという絵師垂涎《すいぜん》の光景に、李陶花達も思わずゴクリと生《なま》唾《つば》を飲む。

もしかしたら……という思いが脳裏をよぎる。

「月英様に惚《ほ》れない者がどこにいましょうか！」

「だよな！」

「ですわ！」

ガッと熱い抱擁を交わした姿を見て、これはやはり無理だと三人は悟った。

男女が抱擁しているのに、色気も何もあったものではない。健闘をたたえ合う盟友の逞《たくま》しさすら香ってくる。

ゴホンッと李陶花の咳払《せきばら》いで、鄒鈴と明敬の遠ざかっていた意識が返ってくる。

「亞妃様が健やかであられるのなら、私達は何も言うことはありませんね」

はぁと溜め息をつく明敬。

しかし吐いた息に批難の色はなく、むしろ清々しさがある。

「ですね。これはこれで、ひな鳥を愛する夫婦鳥《めおと》に見えなくもないですし」

「いえ、これではただの人気俳優信者ですよぅ」

なるほどな、と鄒鈴の言葉に明敬も李陶花も頷き、目の前の光景を眺めた。

嬉々として、月英を褒めたたえ似合いそうな衣装を選ぶ姿は、確かに巷間《こうかん》でよく見る観劇帰りの景色とそっくりだ。

「おお、そうだ。この間、烏牙石耶《うがせきや》殿から聞いたのだが、なんでも、こうやって好きな者に全力で愛を傾ける者達の集まりのことを『ふぁんくらぶ』と言うらしいぞ」

「ふぁん、くらぶ……ですか？」

「西から来た隊商の者達から教わったらしい」

「西国の言葉ですか……いいですね！　隠語のようで、ドキドキしてしまいますわ！」

「よし！　今日から私達は『月英ふぁんくらぶ』だ、亞妃！」

「はい喜んで、陛下！」

どこで意気投合しているのか。

それでいいのか亞妃よ、と侍女ながらに三人は思ったのだが、幸せそうな二人を見ればやはり致し方ないというものであった。

◆◆◆

いつもどおり、香療術を、ということで亞妃に呼び出された月英。

香療房の方は万里に任せ、『今日はどんな香りにしようかな～』などと考えながら芙蓉宮《ふようぐう》を訪ねてみれば……。

「――っなんで今、僕はこんなことになってるんですか⁉」

「きゃあ！　やはり月英様は何を着てもお似合いですこと」

「聞いてます⁉」

芙蓉宮に足を踏み入れた瞬間、侍女三人組に拘束されあれよあれよと、寝室へと連れ込まれた。連れ込まれる途中、隣の部屋に燕明《えんめい》がいたような気もするが、きっと見間違いだろう。「やあ、月英」とか陽気に声を掛けられた気もするが幻聴だ。

そして、にこやかな顔をした亞妃と侍女達に囲まれた――と思った次の瞬間には医官服は奪われていて、着たこともないような衣装を着せられていた。

紺碧《こんぺき》色の襦裙に琥珀《こはく》色《いろ》の長袍。若草色の細帯が胸元を飾り、纏《まと》っていることも忘れるほどの繊細な生地が足首で揺れる。髪は、春廷《しゅんてい》の手技など赤子と思えるほど、技巧を凝らして明敬《めいけい》に結い上げられ、最後は亞妃にグサグサと歩揺を頭のいたるところに挿された。

その結果生まれた『こんなこと』になった――後宮妃姿の月英。

明敬の手によって月英の顔に化粧が施されれば、もうどこからどう見ても立派な女性であった。

瞼に引かれた黒と赤の線が碧玉《へきぎょく》色の瞳を強調させ、唇には珊瑚《さんご》色の紅がぽってりと乗せられている。

「髪は、今王都で一番人気の傾髻《けいけい》です！」

「さすがは明敬さんですねぇ。美容に関しては一流技工士です」

「『は』って何よ。でもまあ、そうね。お洒落《しゃれ》に関しちゃ百華園の中でも、あたしの右に出る人はいないいんじゃないかしら」

「わぁ、簡単に増長してる。ずうずうしいですぅ」

明敬と鄒鈴《すうりん》の猫のような争いが始まり、そこに李陶花《りとうか》の雷が何度も落ちていた。

そんなことより、まずはこの状況を説明してほしい。

「あの……亞妃様。僕はなぜこのような格好をさせられているんでしょうか……」

「絶対似合うと思ったからですわ」

欲望に素直すぎやしないか。おかげで股《また》がスースーする。

「まあまあ、時には良いじゃありませんか。ささ、それよりこちらに」

困惑顔の月英の背を、亞妃はグイグイと押していつもの部屋へと戻った。

そして、月英は先ほど自分が見た景色が見間違えでも、聞いた声が幻聴でもないことを知る。

卓に着いていた燕明は、「かっっっっっっっっ――‼」と言って椅子から立ち上がったきり、動かなくなってしまった。

「陛下、いかがでしょう。月英様ったら本当にお美しく、医官服を着せておくのがもったいなく感じるほどですわ」

首が引っこ抜けんばかりに、燕明は顔を真っ赤にして首を縦に振っていた。

「よし、今日付でお前は蓮花宮《れんかきゅう》の主だ。妃称は何にしようか」

「何にしようか、じゃないいんですよ」

血迷いすぎだろう。そして鼻血は拭《ふ》いてほしい。

「それで、どういった経緯でこうなったのか、ちゃんと説明してもらえますよね」


どうやら事情を聞けば、亜妃と燕明の『月英に似合う衣装はどんなものだろう』という会話から盛り上がり、結局結論が出ず、ならば着せて確かめようということになったらしい。暇か。

「いやその……お前が女人だと知られてはならないし、だが、こういった話ができる相手を俺もほしかったんだよ」

「藩季《はんき》様がいるじゃないですか」

「あいつに月英を女装させたいって言ったら、ゲテモノを見るような目で『下等《かとう》が』って吐き捨てられた」

「藩季様、恐れ知らずすぎでしょう」

相手は皇帝のはずだが。

「陛下のそのお気持ち、わたくしもよく分かりますわ。愛する者を着飾らせたいと思うのは、自然の摂理ですもの」

規模がおかしい。

「それに、ここ芙蓉宮は月英様の秘密を知っている安全な場ですし、ここでなら月英様も自由になれるかと思った次第ですの。だって、月英様も立派に年頃の娘でしょう。時にはキツいさらしなんか巻かず、好きな色の衣を纏って、ありのままの姿でいたくはありません？」

月英の両手を取った亞妃は、嬉《うれ》しそうに月英の手を引っ張りくるくると回る。

薄紅と紺碧の袍の袂《たもと》がふわりと翻り、二人が回る度に互いの尾を追いかける。

「楽しいですわね、月英様」

本当に自分が女に戻ったようだった。

まるで、異国融和策が完全になされた後の世界にいるように錯覚してしまう。もしかすると、こういった未来があるのかもしれないと。

大好きな人達がすぐそこにいて、大切な友人とこうして手を取り笑い合って。それはとても……。

「……はい、楽しいです」

月英の気恥ずかしさが混じったクシャッとした笑みに、亞妃も頬を染めて返した。

「本当、月英様ったらお可愛らしい」

「ああ、それは真理だな。月英は男の姿でも女の姿でも、どちらでも可愛いし美しい」

「真顔で言うのやめてくださいよ……恥ずかしい」

「でも本当にお似合いですよぅ、月英さま。肌も輝くように白いですし」

「大きな碧玉の瞳がまたお衣装と合っていて、凛とした高貴さがありますよね」

「邑にいたら間違いなく、男達が放っておかないでしょうね」

「や、やめてくださいって……」

亞妃と燕明が手放しで褒めるのだけでも照れるというのに、そこに侍女三人組まで真剣な顔をして加わってくるから、さらに月英の赤面も加速するというもの。

月英そっちのけで、月英褒めそやし大会が催されていた。

月英は口を閉ざし、次第にぷるぷると震えだし、そして――。

「あっ！　こらっ！」

「月英様、だめですわ！」

逃げた。

「ぴぇぇぇぇぇん！」

四方八方からの猫かわいがり口撃に堪らなくなった月英は、赤くなった顔をわっと覆って芙蓉宮を飛び出した。

「褒め殺されるぅぅぁあああああん！」

「待て、月英！　どこに行くつもりだ⁉」

「陛下、月英様は目が！」

げえっ、と燕明は顔を引きつらせた。

一方月英は、荒ぶる牛のごとき勢いで百華園の中を爆走し、そのまま後華殿《こうかでん》をもくぐり抜けていく。

これに一番驚いたのが、後華殿の両脇に立っていた見張りの衛兵だ。

謎の鳴き声に振り向けば、百華園の方から激走してくる妃がいたのだから。

その勢いたるや。衛兵が思わず制止の声を上げるのも忘れて、唖然《あぜん》として見送ってしまうほどだった。


月英は、顔の熱さを風で冷ますかのように一心不乱に走り続けた。そして――。

「あれ？　ここ……どこ？」

迷子になっていた。

辺りを見回し、ここが宮中内というのは分かったが、問題は広大な宮中のどの部分かということ。

「まあ、央華殿《おうかでん》目指して歩いてればいっか」

などと気楽に考えていれば、周囲が騒然とする気配が漂ってきた。

「おい、今女がいなかったか⁉」

「顔は隠れて見えなかったが、えらく綺麗《きれい》な感じだったよな！」

「ぜひ、お声をかけたい‼」

漏れ聞こえてくる官吏だろう者達の声。

月英はハッとして、我が身に視線を落とした。頭上からシャランと繊細な音が鳴る。

――やばい！

「と、とにかく前髪を――って、ない‼」

明敬の技巧のせいで、きっちり前髪も結われおでこは全開だ。

当然、目の色など丸見え。

そうこうしている間に、男達の声は着々と月英に近づき、とうとう背後からはっきりと聞こえた。

「あ、いた！」

月英は顔を袖《そで》で隠し、野犬に追われた時よりも必死に逃げた。

――陛下！　恨む‼


「っ助けて、万里《ばんり》！」

バンッと、扉が壊れそうな勢いで香療房に入ってくる者があった。

声と騒々しさだけで、すぐに万里は来訪者が誰だか察する。

「お前なあ……また厄介事に巻き込まれてんな――」

気怠そうに入り口を振り向いた先にいたのは、紺碧色の襦裙に琥珀色の長袍を引っ掛けた、美しい女人。

白皙《はくせき》の顔は薄らと汗が滲《にじ》み、それが艶《つや》となって妙に婀娜《あだ》っぽい。血色の良い唇からは短い息が漏れ、目尻《めじり》に入れられた跳ね上がった朱線が蠱惑《こわく》的だ。

「――って、誰だ⁉」

「僕だよ、月英だよ！」

次の瞬間、万里は常人離れした素早さで香療房の扉と全ての窓を閉めた。

「お前、隠す気あんのかよ！」

一瞬、瞳《ひとみ》の色にすら気付かず目を奪われた自分が悔しい。

確かに、瞳の色はよく見慣れた碧《あお》色。

「ち、違うんだよ～これには事情があって……かくかくしかじかで～」

月英は、安堵《あんど》したように足から力を抜いて、へろへろと床にへたり込んでしまった。

そして、シクシクと羞恥《しゅうち》に泣く月英の話を聞き終えた万里は、顔を覆って、今月一番の大きな溜《た》め息《いき》をついた。

「これは……少し反省していただかないとな」

可愛がりたいのは分かるが、どうも可愛がり方が下手すぎではなかろうか。

我が国の王は。

万里は人目を忍び柱の陰に隠れつつ、月英を龍冠宮《りゅうかんきゅう》まで連れて行く。

「あ、万里。お願いだから血迷って僕に惚《ほ》れないでね」

宮中を逃げる中、月英は官吏達から、様々な欲望の言葉を投げかけられたらしい。何度、惚れた腫《は》れたと聞いたことかと、先ほどうんざりとした顔でぼやいていた。

「安心しろ。俺はお前よりお姫様の方が好み――」

と、そこまで言って、万里は自分が何を言ったのか気づき、口を叩《たた》くようにして塞《ふさ》いだ。

「へぇ？」

顔を背けたせいで月英の表情は見えないが、きっと腹立つ顔をしているに違いない。声音から分かる。

「～～っおら！　さっさと龍冠宮に入れ！　あの方ならなんとかしてくださるだろうよ！」

「あだっ！」

万里は投げ捨てるようにして龍冠宮の廊下に月英を転がすと、踵《きびす》を返しドスドスと足音騒がしく香療房へと戻った。


月英がいつもの燕明《えんめい》の執務室を訪ねると、案の定、あの人こと藩季が出迎えてくれる。彼は月英の姿に細い目を最大限まで見開き、次に額にビキッと極太の青筋を立てながらも、紳士的な態度かつ素早さで部屋の中へと月英を隠した。

「あの……藩季様、実はその……」

「大丈夫ですよ。手に取るように、何が起きたのか把握できましたから」

彼の目はいつもと同じ弧を描いているのに、絶対に『弧』の感情ではないだろうことは、ひしひしと伝わってくる。

「藩季、大変だ！　月英がいなくなっ──────！」

そこへ、転がる勢いでやってきた燕明。

「あ」

部屋の中を見て、瞬時に自分の命運を悟ったのであろう。

燕明は天を仰ぐと深呼吸をし、実に堂々とした歩みで藩季の元へと歩み寄る。

「お手柔らかによろしく」

瞬間、今まで聞いたこともないような罵詈雑言《ばりぞうごん》の雨あられが龍冠宮に降り注いだ。

それから宮中ではしばらく『怒濤《どとう》の逃げ足を誇る謎の美女がいた』という噂が流れ、権力と欲望が癒着すると碌《ろく》なことにならないと、『月英ふぁんくらぶ』は藩季によって即時解散命令が出されたという。

後に燕明から聞いた話だが、藩季は「娘の愛らしい姿を見るのは、私だけで充分です」と言っていたらしい。


【了】

【特別編Ⅲ・遠地で君に謳《うた》う】

二十数年生きてきたが、朝日が昇る瞬間をこれほどに楽しみだと思ったことはない。

劉丹《りゅうたん》にとって、朝日は山の向こう側からやって来るもので、官吏になってからは、見ることすらなくなっていた。

日が昇れば仕事をして、日が落ちれば官舎へと戻る。

そして日中の仕事で疲れた身体を大して気持ち良くもない牀に横たえ、気力体力の回復を図る。少しでも長く寝て回復量を多くしたい劉丹にとって、朝日は昇ってくるのすら忌々しく感じるものだった。

しかし、今は夜明け前に隊からそっと抜けだし、朝日が東の空へと昇ってくるのを一人待つ日々を過ごしている。

そして今日も、来光に胸を高鳴らせるのだ。

突き出した岩山の先に座り、東の空が白む瞬間を待つ。

次第に光を伴わない茫漠《ぼうばく》とした白が、遙か遠くに広がる扁平《へんぺい》な稜線《りょうせん》に輪郭を与える。

「ああ……綺麗だ」

今、こうして立つ大地は母国のものと同じだというのに、母国の外には同じ景色など何一つなかった。

朝日が昇る瞬間ですら、数多に彩られている。

ある時は、砂山の向こうから。

またある時は、尖塔《せんとう》を撫《な》でるように。

森の中を斜光で白く淡く照らし、大気に散らばる花の呼吸を象り、蒼《あお》い湖を白銀に染める。

それもこれも、決して萬華国《ばんかこく》にいては見ることができなかった景色。

破蕾隊《はらいたい》という名がつけられた異国先遣隊の一員となった劉丹。

それは、皇帝を害し、朝廷官吏を陥れようとした罰。

かつての萬華国は国を出ることすら許されない、堅固な壁に囲まれた国だった。その中で、国外追放とは死罪に次ぐ重罪である。

「これが罰だなんて笑っちゃうよ」

どんな褒賞よりも尊く、美しく、価値があるものだというのに。

「……見せてあげたいな」

空を仰ぎ、そのまま劉丹は後ろへと倒れ込んだ。

耳元でふわふわと揺れる浅葱色《あさぎいろ》の草。葉や茎が細かいうぶ毛に覆われていて、萬華国では見たこともない。

劉丹は耳朶《みみたぶ》をくすぐるように揺れるそれを横目で眺め、次の瞬間フッと頬を緩めた。

「元気かな、月英《げつえい》ちゃん」

彼が着ていた医官服と同じ色の草は、彼の心のように柔らかい。むしろくすぐったくすらある。

懐に手を入れれば、着物の裏に縫い込んだ小さな袋が指に引っかかる。

中には、彼が餞別《せんべつ》にとくれた蜜柑《みかん》の皮が入っている。

いざという時に使ってくれ、と渡された護身用具。しかし、とうの昔に干からびて、到底搾っても例の蜜柑《みかん》汁は出ないだろう。

それでも劉丹は身につけて離さない。

これは、自分と彼とを繋《つな》ぐよすがなのだから。

ジャリ、と頭の上で足音がした。と一緒に、視界に目鼻立ちのくっきりした女人が、ぬっと顔を出す。

《リュー》

萬華国のではない言葉を口にした彼女に、劉丹は「ああ」と口元をほころばせる。

《メフターラ》

劉丹の口から出たのは、この国の言葉。

《何を見てたの?》

《朝日》

《そんなもの見て楽しい?》

メフターラは片眉《かたまゆ》だけを下げ、不思議そうに顔を傾けた。

彼女にとってはなんの面白みもない光景なのだろう。かつて萬華国で劉丹が、必ず昇る朝日に辟《へき》易《えき》していた時と同じように。
クスクスと劉丹は肩を揺らした。耳元の草が一層肌をくすぐる。
「ああ、楽しいさ」
口をついて出た萬華国の言葉で答えれば、メフターラは頬を膨らましてしまった。
《もうっ！　分からない言葉を使うのはやめてって言ってるでしょ、リュー！》
《ごめんごめん、拗《す》ねないでよ》
上体を持ち上げ、覗《のぞ》き込んでいた彼女の顔に近づいて、今度はこの国の言葉で詫《わ》びを言う。すると、反発したようにメフターラは腰を立て、急いで劉丹から離れてしまう。
その顔は赤い。
《ほ、ほら！　そろそろ皆も起きてくるから、朝ご飯の支度するわよ！》
《そうだね。雑用は若手の役目ってね》
これだけは、どこの国でも変わらないようだ。
劉丹は腰を上げ、メフターラと並んで天幕へと戻る。
後ろから薄光に照らし出され、目の前に長い影が伸びていた。目先で自分と彼女の淡い影がくっついて揺れている。
《……ねえ、メフターラ》
《ん？》
《僕達に子ができたら、何色の瞳《ひとみ》になるかな》

《ここッ、こ、子供⁉　私達に⁉》
メフタークは瞼《まぶた》をいっぱいに見開いて、顔を夕焼けよりも真っ赤にしていた。氷塊を思わせる灰がかった彼女の水色の瞳は、今にもこぼれ落ちそうだ。
《どうしたんだい。顔が赤いけど、熱でもあるのかな？》
《うううるさいわね！　あぁああ朝日が暑いだけよ！》
風にメフタークの大きくうねった豊かな髪があおられ、耳が丸見えになる。耳まで熟れた山査子《さんざし》の実のように赤くして、本当愛らしい人だ。
彼女の赤い髪も氷塊色の瞳も、萬華国では異色と呼ばれるだろう。
だが、この国では当然の色。
何も異なることなどない。
大地は続いていて、空は果てしなく、昇る太陽は一つで、鼻腔《びこう》を抜ける空気で今日も生きているのだから。自分と彼女に何も違いはないはずだ。
《君に似たら、きっと、すごく綺麗《きれい》な色になるだろうね》
《……あなたに似ても……綺麗だと思うわよ。私、好きよ。その黒曜石の色》
《じゃあ、どっちでもいっか》
黒色でも、水色でも、彼女のお爺《じい》さんの栗色でもいい。
自分と違う色でも、今の自分にはまるっと受け入れられる自信がある。
違うことの美しさを、この旅で学んだのだから。

さて、朝ご飯の献立は何にしようか、などと天幕に向かいながら劉丹が考えていれば、クイッと袖先《そでさき》を引っ張られた。

《どうしたの、メフターラ》

《あなたの国にも行ってみたいわ……こ、子供も……一緒に……》

劉丹は目元を和らげ、控えめに袖を掴《つか》んでいるメフターラの手を、自らの腕に絡ませる。

《一緒に行こう。家族で……必ず》

どれくらい先になるだろうか。

この旅はまだ、しばらく終わりを迎えない。

せめて、あの偏屈親父が生きている内にとは思う。可愛い可愛い彼女との子を、自慢してやらなければ気が済まない。

その頃にはきっと……『異色』なんて言葉はなくなっているはずだ。

《きっと皆、喜んで迎えてくれるよ》

あの国には、彼らがいるのだから。

《一輪の花　風に吹かれ十となり
百千《ももち》の末に萬と成す
散っては咲き　咲いては乱れ
全てを麗《うるわ》せ碧花風《へきかふう》》

どこまでも、どこまでも……地の、海の、空の果てまで、彼には疾《はし》り抜けてほしい。
《素敵な詩ね。誰の詩？》
「《五詩仙》――になれなかった僕の詩さ」
メフターラは《もうまたっ！》と、頬を膨らませていた。

【了】

あとがき

皆様お久しぶりです、巻村螢《まきむらけい》です。

今回も『碧玉《へきぎょく》の男装香療師は、』三巻をお手に取ってくださいまして、誠にありがとうございます！　そう、三巻です！　実に感慨深いものがあります。

誰もから疎まれた下民の月英《げつえい》が今や、太医院の仲間や百華園の友人、瞳《ひとみ》の色や香療術を理解してくれる町人に囲まれています。おお〜よく頑張ったねと、親さながらの心境です。

きっと彼女はこれからもたくさんの感情を知って、少しずつ大人になっていくことでしょう。燕《えん》明《めい》の告白をいなしながら藩季《はんき》に過保護愛を向けられ、太医院の皆に見守られながら万里《ばんり》と喧嘩《けんか》して、亞妃《あひ》に愚痴りながらお茶して、移香茶を届けに邑《まち》を歩けば朱朱《しゅしゅ》達町民に声を掛けられ……。

前髪を上げて、前を向いて、今日も明日も明後日も月英は進み続けます。

もし、何か辛いことがあったら、月英達を思いだしてください。大丈夫だと背を撫《な》でてくれるはずですから。たくさんたくさん、萬華国《ばんかこく》の世界を書かせていただきました。それも偏に、寄り添ってくださった担当さんや編集部の方々、素敵なキャラ達を描いてくださったこずみっく先生、ゆまごろう先生、そして読者の皆様のおかげです。言葉では言い表せないほど感謝の気持ちでいっぱいです。ありがとうございます！　この先も、またお目にかかれる日を楽しみにしています。

カドカワBOOKS

碧玉《へきぎょく》の男装《だんそう》香療師《こうりょうし》は、三《さん》
ふしぎな癒《い》やし術《じゅつ》で宮廷《きゅうてい》医官《いかん》になりました。

2024年３月10日　初版発行

著者／巻村《まきむら》　螢《けい》

発行者／山下直久

発行／株式会社KADOKAWA

〒102-8177
東京都千代田区富士見2-13-3
電話／0570-002-301（ナビダイヤル）

編集／カドカワBOOKS編集部

印刷所／暁印刷

製本所／本間製本

●お問い合わせ
https://www.kadokawa.co.jp/（「お問い合わせ」へお進みください）
※内容によっては、お答えできない場合があります。
※サポートは日本国内のみとさせていただきます。
※Japanese text only

Printed in Japan
ISBN 978-4-04-075034-7 C0093

新文芸宣言

かつて「知」と「美」は特権階級の所有物でした。

15世紀、グーテンベルクが発明した活版印刷技術は、特権階級から「知」と「美」を解放し、ルネサンスや宗教改革を導きました。市民革命や産業革命も、大衆に「知」と「美」が広まらなければ起こりえませんでした。人間は、本を読むことにより、自由と平等を獲得していったのです。

21世紀、インターネット技術により、第二の「知」と「美」の解放が起こりました。一部の選ばれた才能を持つ者だけが文章や絵、映像を発表できる時代は終わり、誰もがネット上で自己表現を出来る時代がやってきました。

UGC（ユーザージェネレイテッドコンテンツ）の波は、今世界を席巻しています。UGCから生まれた小説は、一般大衆からの批評を取り込みながら内容を充実させて行きます。受け手と送り手の情報の交換によって、UGCは量的な評価を獲得し、爆発的にその数を増やしているのです。

こうしたUGCから生まれた小説群を、私たちは「新文芸」と名付けました。

新文芸は、インターネットによる新しい「知」と「美」の形です。

2015年10月10日
井上伸一郎